糸川雅子歌集

SUNAGOYA SHOBO

現代短歌文庫

砂子屋書房

糸川雅子歌集☆目次

『水螢』（全篇）

塑像

歌論・エッセイ

解説

糸川雅子歌集

『水螢』（全篇）

ユダの掌

水螢

水螢いれたる籠をさげゆけばうすき血縁の誰にゆきあう

濾し布に葡萄の果汁滲むごとわが歩み来し幾本の道

月が沈む日が沈む海　爪立てど爪立てどわれに海は見えざり

肩に髪ときて沈めば夜の底水の眠りをわれは思いぬ

窓の灯のとどくかぎりの濡れ土に足跡あらず新盆の夜

この海を越えて死にたる血族(うから)なく新盆の夜に海鳴りをきく

死の側に渡りし血族重なりて四囲(めぐり)透きゆくばかりに夏なり

母逝かばわれと異なるかなしみを持つべしおとうとよ汝が額(ぬか)しろし

ユダの掌(て)の裂(きだ)のひとつに生命線ありて銀貨を彼は数えし

滅びゆくもの持たざるは罠のごとし一本の河流れいる村

カーテンをひくとき常に目にいりて寺の甍の空(くう)にそる線

胸までを水につかりてゆらゆらと誰も不可思議に半身もてり

立枯るる向日葵はながく影をひき晩夏のひかり路越えてのぶ

円

カーテンをひき忘れたる窓の幅月光(つきかげ)はここに何の路なる

肩胛骨(かいがらぼね)その名さびしき骨をもち死者にきびしくへだたれていつ

水をみる水にみらるる水鏡何に許され柘榴は実る

枯草の庭にひそけきぬくみあり茶色き老犬よぎりゆくとき

痛みなく朽ちてゆくものわが日々を光まといて薄穂ゆるる

薄原わが身にすすきの影受くる海あらば海に影はのぶべし

ゆるき円描きてわれに帰り来る復讐のごとしひとのやさしさ

人よりは確かに影が先に消え君は帰りぬ夜の曲り角

天体は円かなるらむ老犬の鎖をひきて地上を歩む

橋渡りもどり来る部屋灯ともせば遠ざかるもの風の背のごと

魚の骨老犬のため切りおれば油にじみて骨は冷たし

その穴を埋めゆく砂はあらざるや夜更けて路に深き穴あり

わが傷を歌うことなく夜の湯に沈めば乱れて濡るる後れ毛

母

新しき刃物購い夕暮れを母は帰り来海みゆる坂

その重さ喪うことなくわが腕が生きて取りおとすものの数々

水面をのぼりくるとき満月の何に汚れてあかきその光(かげ)

遠き日の記憶の襞をたどりつつ行き遭うごとし雨後の樟の木

波の上に影おとす時ことさらにさびしく見ゆる岬の燈台

鳥が翔ぶ　わずか遅れて鳥影の水面(みのも)をよぎり河は昏れゆく

汝れもわれも等しき濃さの影をひき何処(どこ)より分かれし路かと思う

母よりも先に逝きたり古代史のイエスがもちしひとつ幸い

父と母とを亡くせし母の片辺(かたえ)にて嫁(ゆ)かざるわれの夏は過ぎゆく

みえざれば

月蝕(か)くる夜汝が髪がきえ背ながきえ踏めばしずかに羊歯はくずるる

月あおぐひとの背後にその耳のしろきをみつつ月光(つき)に研がるる

誰の贖罪ひとと歩みて足裏に踏みのこしゆく濡れ土の暈(かさ)

血を伝うる罪のごとしも母の割る卵にひとすじまじる鮮血

母とわれと眠れる夜半を鏡面は闇うつしつつ壁に冷えゆく

雨後に殻透きてはるけき蝸牛わが視野のなか枝のぼりゆく

その先に海あることの当然をふるさととして地を歩むなり

薄穂の土手を少年歩みゆき貌(かお)見えざればしょうねんはあゆむ

手を濡らし帰ればひそとわが部屋に光とざせる隈はあるべし

草を焚く炎のかげは汝が頬にゆらめきていま未来はとおし

もの截りてナイフつめたし指の腹刃にあてがいて寒さを盗む

湯のなかに髪ひらきつつぬれている髪をつたいて還れる寒さ

薔薇・椿てのひらほどの花々にたぐえて一夜みずからを歌う

花の影

（Ⅰ）

花の影額に胸にあふれきて桜はとおき天（そら）に咲きおり

ふみたるは何の踏み絵かわが過ぎし薄暗がりにひとは佇ちいて

たくらみをとっぷりおおい花陰にひと待つごとくわが影はのぶ

妊らぬわれ佇ちおれば夕暮れの桜花の真下春まっさかり

夕暮れて天（そら）ににじめる花の色身のいずこか
に血は重りゆく

のこされし者の額にあふれ来て泉のごとく
花は散り初む

ささえきれぬ桜の暈（かさ）を抱きいん目覚めてう
すく汗にじむ額（ぬか）

誰もふまざる踏み絵のごとし夕暮れを河口
に近き橋渡りゆく（II）

みひらきて見さだめがたしふるさとは背な
より昏るる六地蔵坂

歩みきり生ききりたしとふるさとの海にゆ
きつく坂を歩みぬ

血のまじる鶏卵のみて父母とわれとのおそ
き夕餉をおえぬ

告げしことば忘れたる後泣き黒子みられし
ことを羞（やさ）しみている

出奔に小さき手荷物たずさうるわれとおも
いて思いを棄てぬ

こころざしどこより翳るや父母の眠れる夜
半に水は流れて

罪になお原罪定めし父祖たちのある夜の嘆
き聴くごとくいる

水　面

水面に映ればどこよりほの白くわが足裏(あなうら)の
ひとに見らるる

ひとの影わが掌に受けんとひらくとき水面(みのも)
をわれの掌しろき

それぞれに帰りゆく家あることを何の証に
ひとに真向かう

炎天に星ひとつおきてのけぞればわが相聞
の永遠(とわ)の姿勢よ

はじけざる種子のごときを抱きつつ素足に
踏めりゆるき砂丘(すなおか)

水面に萩垂れて揺るるしろき暈(かさ)いのちの裡
にひとを閉ざせり

夕暮れてものの輪郭やわらかき街を歩めば
許さるるごと

受けしもの何ならん今別れ来てぬるき紅茶に唇(くち)ふれている

水底に髪の幾すじからむごとこの家の家族(うから)に影おとす梁

鏡面の裡の鎮もり父母とこもりて一日海鳴りをきく

雪に汚る

ともによるひとつ話題のごとくして硝子戸の内雪のこと言う

単線の汽車雪のなか夜のなか去りゆきて野に線路はのこる

雪のなか井戸のごとくに瞠(みひら)けば裏切りはなお雪に汚るる

ユダのひたす麺麭に葡萄酒にじみきて指よりきざす寒さもあらん

われは誰を裏切りしならん冬の夜皮を剝ぐ
がに髪洗いゆく

月の夜を硝子戸に鍵かけてゆく比喩多き会
話なしたる一日

煮られては小さくなりたる赤貝をいくつと
もなく食みて眠れる

かなしみは確かにここよりゆるびゆく重ね
たる掌(て)の胸につめたし

啓　示

風化してまろくなりたる石仏に秋の陽射し
の微笑のごとし

取っ手なき扉(ドア)のごときや薄明に覚めてわが
背(せ)な思いおりたり

合わせ鏡かすかにずれて映りたり梁の木目
の鱗のごとし

切り分けてわれ食む柿に種子あらず父母と
われのおそき夕食

明日は着ざるシャツかけられて木の椅子が啓示のごとく部屋に揺れおり

ひとりより去りゆくひとりは常に背を夕昏れの中漂わせおり

夏の輝き

何に輝る額（ぬか）かな晩夏の校庭に群れて少年は白球を追う

サングラスかけて野にたてば一面に色喪いて麦は空指す

想い・願いその身に鎮めゆく果てをながれてくらき夜の水音

月見草咲きつづかんや嘘のなき一日のごとくわれは眠りて

日々あおく太りゆく月窓辺より放ちやるものわれは持たざり

パラソルの並びて輝く浜辺あり背泳ぎしつつわれ遠去かる

浜に佇つ少年に合図するごとく腕(て)をあげて
夏の輝きとなす

歩む影

のこされた世界の少女

I

ピリオドをうち忘れいし〈I love you〉今も
日記の余白にありぬ

息つめて何を待ちいるわれならん雪の上な
お雪ふる静けさ

乳房よりおもきやもしれず止まり木に眠る
インコの羽毛の翳り

背（せ）なにある銀杏の影もみえてくる夕陽のな
かなる木椅子に座せば

夕焼けの野を翔びたちてゆきし鳥重き血も
またゆらぎつつとぶ

指つなぎ夕べを歩む腕時計わずかに異なる
時刻（とき）示しいる

君は今日を閉じているや闇の中さびしくわ
れもまなぶた垂るる

耳の裏みつめていればかなしかり君には見
えぬ君の耳裏

桟橋の涯よりひろがる春の海追いつめて海
に還す何ある

波のとどかぬかわいた砂にすわっていた
想いを告げし夕べの記憶

〈愛するとは海をわたることだ〉読み返す詩
集にありて錨のことば

水際に立てばわが影吸いながら海は無色の
ひろがりとなる

Ⅱ

別れ告ぐる言葉聞くとき髪の下つつましく
わが二つの耳あり

執拗に後れ毛かきあぐひととおくなりてい
つよりか身につきし癖

脛しろくみせて渡りし夜の川眠れば別れも
われを越えゆく

ぬるき湯に唇(くち)まで沈み思いおればかの日の
君のこころもみえず

壺の底かすかな水に映るとき眼のみするど
き少女のわたし

洗い髪たばぬるほどのあらざれば垂らすほ
かなく耳おおいたり

脚すこしひきずる父と土手歩むわがこの頃
のやさしき風景画

霞草けむるがごときを胸に抱きときおり唇(くち)
にふるるはやさし

花影およぶ

地にながきわが髪の影ふみながらわれを抱きに来るまでの愛

涙には濡れざる位置にあそばせて垂れ髪はいまの風になびかう

曲り角まがるときわずか靴音の響きかえつつ帰りゆくひと

その裏の冥き花壺みたしきて涙とはまこと謐かな雫

視野のなかたどりゆくのみ澪標(みおつくし)ゆきて会うべきひとはもたざる

海と空ふれあうことをこばみつつ水平線永遠(とわ)に一本の蒼

何踏みて来しというにはあらねどもわずかに濡れてなじみくる靴

桃の果肉裂かんとすればふかき夜のナイフの影は桃におちてく

空をゆく鳥のこえごえ降り来しや目覚めに重きわが胸はあり

頸しない花にかけたるシャツおちぬ向日葵は君よりわれよりたかし

昼顔は真昼の野の罠眠りいる君の額（ぬか）まで花影およぶ

風いでて萎えし昼顔ゆれおりき目覚めし夕べ濡れいる唇

うたわざる詩の一片に遭うごとし唇濡れてその名よびたり

たどりゆかばいかなる夜半にゆきつくや畦一列に咲ける曼珠沙華

薔薇

夕べしろく乳房のごときはずみもつ薔薇の花弁もふまれてありぬ

かなしみをもたざるものの輪郭か身の丈よりもながく影曳く

耳もとで告げられし言葉「あいしてる」夜半には耳が思い起こしぬ

ある夜は汝がかなしみを研ぐための刃となるや白きわが腕

やり過ごし傷つかぬ別れ脛ほどの高さに冬の枯草昏れぬ

翳りつつ夕べつめたき切株のゆるき年輪を指もてたどる

水面に一本の杭は昏れてゆく水にぬれつつ見えざる部分

枯れて火に焚かるる黄の薔薇夕暮れの翳れる土を美しく焼く

影おうあそび

耳もたぬくらき輪郭わが影の髪のあたりをひとは踏みゆく

樹のごとく吹かれていたし佇ちどまる折々おもく腕（て）を垂れている

物音にもはやさとからぬ老犬と夕陽みるため野に出で来たる

目瞑りてたどらばまたの世にとどくはるかな架橋やしろき君の腕（て）

かなしみの陰画（ネガ）をすかせばある夜の謐かな
額の君にゆきつく

いくたびも取り巻くものらに領きてひと日
の涯（はて）の鏡面のわれ

霜は天（そら）をしんしんと張るかかる夜ナザレの
イエスは何を夢みし

ふみふまれ影おうあそび　踏む影にものそ
うことのあるいはうとまし

わが問の量

ひとは人へのわが問の量（かさ）　樹の間谺（あわい）はとお
くわが耳に還る

落葉して日毎あかるく透きてゆく疎林のご
ときとおきひとりよ

闇に闇つなげるしぐさふるるときひとの腕
のしめりていたり

〈日暮れには……帰ってゆくのさ〉ふるさと
の野に藁をたく煙さびしく

謀られて歩み来しごと崖(きりぎし)は空にもっとも近く昏れいつ

指の輪をしだいにせばめてのぞくときふるさとわれの何の標的

現世(うつしよ)の境界(さかい)のごとし糸杉の影ひやひやと踏みていたれば

冬の夜に鳥はいずくより老いゆくや血をいだきあいわれら眠れり

髪ふるる肩にうつ脈目瞑れば夜々われを鎖す海のごとしも

草の上くだけ散りたる鏡面のかけらかけらの故郷の空

少年

炎昼をもの追う姿勢に駆けてゆく少年の背よ記憶のごとし

常緑樹(ときわぎ)のみどりすさまじ落葉の季(とき)すらみどりをまといて昏れぬ

生き急ぐしぐさまぶしき逆光に佇つとき汝れの喉頸しろく

地を蹴りて空（くう）にそる足倒立の少年の視野をわが歩み来ぬ

夢をうしないし愛　愛をうしないし夢　互みにさむき頬をよせあう

ふるさとにみるみやこわすれ　わすれてはつね首しろき少年の汝れ

夜半にすらみどりしたたる樟の樹をもるる月光（つきかげ）ふみて帰りぬ

月光（つきかげ）にみしとき鳥ははかなくて眠れば夢の底より翔びたつ

ひとつ向日葵

引き潮のしめれる渚砂ひかりひかりて遠き海までの距離

封筒をひかりに透かして封をきるかかるしぐさに何待つわれや

わが先を歩める影はいちはやく河にいたりてわれを待ちいる

無傷なる日々などなきに一本の河をへだてて麦は熟れゆく

いっぽんの夜の向日葵刈りしより四方にひろがる闇と思いぬ

昼間みし羽しろき鳥も帰れるや目瞑りてくらく重りゆく胸

花壺の裡ことごとく杳ければ水を盈たしてひと夜は過ぎん

*

掌に青梅を受けんと見ておれば木影を人の足裏(あなうら)うごく

目薬を涙のごとくさしたれば山羊いる丘の緑はゆるる

人去りし後の扉を閉めなおす空たかき午後のひとつ向日葵

水はりて若布をひたす　掌をぬらしてなすこと人間(ひと)らに多し

いかなる月出で入るや産まざるわが胸にあ
りてふたつのゆるき砂丘（すなおか）

月見草濡れ光りたる野の坂を傘さし誰へと
くだりてゆくや

追う愛と追われるる愛を区切るごと硝子は
みがかれ透きつつ立てり

告げし嘘　嘘と知らざるそれよりも多くの
わがうそ　夏の日なりき

薄穂は陽に透きていつたとうれば銀貨を数
うるユダの掌

望郷

われになき望郷の歌〃ふるさと〃の夕陽に
耳まで溺れて駆くる

白壁の塀つづく路風のなか耳ゆれて山羊は
黄昏れている

水のみてぬぐえば唇さむき夜猫しなやかに
膝に抱きとる

熟れ麦の真中にひとつ背（せ）な見えて血のみつ
ながる男のごとし

われよりも丈高き麦にうずもれて見し空のごととおきこころよ

わが影より黄の蝶ひとひら逃れゆき昼顔の上に影をおとせり

とりおとすものは持たざり夕べ腕（て）を野に垂直に垂らして佇てば

戸口より月光（つきかげ）ひくくさしいりてそこよりくらき土間のわが家

雨の午後郵便受けの封筒にインクにじみてわが名濡れおり

マンホールふみて帰りぬその音を聞きいるいくつ耳はあるべし

橋いくつ渡りて帰りぬ灯ともせば心にかけしもの遠ざかる

橋

病めば身に近く匂いつ水槽をゆらぐ魚らの四囲（めぐり）なる水

〈こひびとよ〉橋渡りつつ目瞑れば額（ぬか）さむく今夢のごとしも

しんしんと杳き泉をいだくごと微熱ある身に橋を渡れり

髪を肩に肩をこころにささえつつ夜の厨に白葱きざむ

冷ゆる指胸に組みかえ眠る夜半ただ内海に霧は湧きいん

追うことの追わるることに重なりぬ闇透けるまで硝子磨けば

午（ひる）過ぎて様々に汚れゆく街を雪の一日の車窓にみており

レモン一つ掌に重し投げすてようすてて遥々と渡りたき海

一枚の玻璃が区切れる虚空にも鳥飛びて撓む一時のあり

おのが髪ひろわんと床にかがむとき母の背岬のごとくはるけし

路地奥に朱きポストは昏れのこりふりかえる幼子まばたきをせり

血縁

指ぬれて洗えば洗い返さるる水のごときを
血縁と知る

*

いのちひとつ消ゆる暁目守（まも）りいるわれら互
みに重き血いだく

過ぐる場所死者に告げつつ帰り来ぬ未明の
街にいくつ橋越ゆ

喪の部屋を出で来ぬ扉（ドア）をへだてつつわが背
を満たすものは何なる

浄めゆくつめたき掌遠き日の癒えて乾きし
鎌の裂傷

その音を聞かざるうすき耳二つ柩に釘をう
つ音響く

死者浄め塩もて洗いしわれの指ぬるき湯に
誰の脂かひろがる

喪の朝わが家にとどく便りあり郵便受けに
確かな音す

裸木の枝の間（あわい）にみゆる空喪の家の窓よりわがさしのぞく

柩の影柩を担える人の影橋越ゆるとき水面（みのも）をよぎる

死者の血の重さ等分にわかちつつ喪の列夕べの土ふみてゆく

にわか雨担える人の肩にふり柩を結ぶ藁縄に浸む

木の箸にひろう骨片　人去りて夕べの渚にのこる足跡

喪のしぐさわれらは重ねひとつ血の海の岸辺に集いておりぬ

人喪（う）せて亡骸うせて柩うせしだいに広きわが家となれる

隣室に祖母の読経をききおればひそけく恋の歌のごとしも

馬鈴薯のむらさきの芽を落としつつ一人欠けたる夕餉ととのう

亡き人ののこせるもののひとつにて黒き種子あり　何の花さく

＊

葬列の最後を歩む人の貌(かお)わが血縁の誰にも
消ずや

塑像

躍動

躍動の瞬時にかなしき静止あり向日葵遠く
へ伸びいるまひる

子のなきは女でないと聞きし夜わが内の海
広がりやまぬ

くずれゆく危険はらみし充実を好みてわれ
の細き鉛筆

路地奥に湛えられたる甕の水人らをやさしくなして映せり

わが内にまたひとり死にし英雄の葬儀なすため摘みし菜の花

「さよなら」を告ぐれば広がる虚脱感五月の空より鮮明にして

物　語

ヒーローのなき物語を生くるためわが一日のゆるゆる始まる

朝ごとに野生に帰る森の中人らの知らぬ少女住みいん

語りあえば心のひずみ知りゆくをおそれてことさら父母と話さず

みずからの腕を傷つけ血を見たしわが存在の不安な夜は

わが凝視に耐えて美しくかわりゆく母の一時（ひととき）やわらかき朝

死を思うははるかな生をみることと思いて歩く冬の夕暮れ

坂

登りつめふり返りみればゆるやかに思い出のごと坂は続けり

二十歳（はたち）とは愛の終わりかさばさばと顔を洗いて額（ぬか）冷えてゆく

ブランコをこげば近づく空の中あかがね色の夕焼けがある

沈みゆけば愛の極みは透明と耳寒きまで空高き午後

巻き貝のような内耳の奥で聞く美しすぎることば「おもいで」

まひる日の常に人いぬ坂道をわが故郷となして歩みぬ

血縁

祖母・母・われ　ながき女系の血脈がある夜静かに逆流はじむ

幼き日羽もぎとりし白き蝶ある夜たわたわと海越えてくる

路上にて愛を説きいる伝道師眼鏡の奥の瞳は微笑まず

暖かき涙湧けども溶けきらぬ私のなかの知らざる部分

髪長き女の死後のことなどは誰も語らず暮れてゆく海

母の海わが海ともに夏の貌（かお）並びてみたる日のあらねども

なかばまで消えし怒りを砂のごと掌にすくいつつ散らせていたり

爪立ちて海の向こうを見ていたり幼きわれの夕べの思い出

紅ひきて母に重なる貌（かお）となる母のごとくにわれも歩むや

日記

夕暮れに子らが蹴りたる石けりの石わが影のなかをころがる

鈴鳴らし猫が消えたるその後の闇に流るる風の音聞く

胎内に生み忘れる卵もちはねふくらませ眠れるカナリア

息せきて駆けよりし君に貌（かお）はなく背なばかり広き砂漠の起伏

神棲むと祖母の語りし杉の木の重く沈める漆黒の影

けものめく眼の少女夕焼けに海ほおずきを鳴らして過ぐる

みずからを愛から遠い人間と青き日記に記して眠る

細き細きペンで描きしわが少女鋭き瞳にてわれを凝視（みつ）むる

夏至の日の短き闇を満たすごとほろほろ鳥の鳴き続けたり

内の傷

痛みさえたちまち歌につくりあげそれにて
乾くかわが内の傷

かかわりなき位置よりわれの背(せ)な冷ゆる無
人の広場歩みゆくとき

街角でわれを見ている少年がふいに口ずさ
む童謡にくし

挫折とはついに痛みのなき病(やまい)さばさばと顔
を洗いつつ思う

砂時計

ラシーヌの悲劇のひと日を観てしまい紛れ
入る冬の街に人らと

ひとの腕(て)をすりぬけて海に真向かえば海は
無色の広がりとなる

海面を水に浸せばじわじわとふくらみてわ
れに還るかなしみ

豆を炒る母の背中を見ていたり人死ぬれば
風の流れゆく空

幼さの残るあなたのプロフィルを盗みていたり冬の夜の夢

湧く思いすべてを愛と思いいしわが少女期の駆け足で過ぐ

かなしみを聞くため耳をたてたれば黄昏われにかえりくる神

果つるまでこぼれつづける砂時計砂のいちずさ机上にみている

ひともわれも言葉失うま昼まに翔びたちてゆく幾千の鳥

夕焼けの眼

陥ちてゆく暗闇はなし炎昼の庭のひるがおみつめていたり

ひと愛する心の裏より暮れてゆくわれの夕焼け　はるかに杳し

地平にはいつもあなたを立たしめて夜毎夢みるわたしの風景

願わざる永遠（とわ）の想いよ砂にねて仰げば一点明るき夕空

暗緑のリボンはとかれわが肩のまわりしずかな林となる髪

黙ふかく沈みてふたり聞きていし溶けつつ氷のまろみゆく音

かたわらのひとの心をさまざまに思えば響くわれのアダージョ

目瞑れば遠ざかりゆく風景のひとつとなりぬ片辺(かたえ)の君も

棘もちて地に落ちてゆく薔薇のことひとの片辺にふと思い出づ

影　われにただ一つとどくそのひとのものと思いて夕映えのなか

空よりももっと遠くの夕焼けをみてきしごとく燃えいる眼

黒き蝶

顔あげて受けし別れと思えども終にふれざる血の暖かさ

傷つけしか傷つけられしか知らぬまま別れて一人の夕餉ととのう

告げぬまま忘れゆきたる言葉一つ仮睡の午後のわれを越えゆく

陰画紙に映されすべて黒き蝶産みて死にゆくひと世を思う

閉ざしたる窓の向こうの冬の空聞きたしひととわれの血の音

縋ること泣くことあらねばひとは言う「重たく闇に垂れる黒葡萄」

去る人に笑みつつふる手重たくて夕暮れかすかにきざす憎しみ

降る雪は傘にふるのみ受けとめて重たくなる傘ささえてあゆむ

掌をつつみてひらきまたつつみ子は眩しげにわれを見つむる

「わがために人を恋うのみ」ある夜は日記に一行記して眠る

きりきりとひと憎むことあらざれば悔いより淡く越ゆる夜の海

雪ふるごとし

われに愛告げたるひとのありしこと太古の海に雪ふるごとし

たわむれに愛を告げあい歩みつつこの今誰も傷つかぬ夜

想いひとつおとせばかるし春の風髪ゆらせつつ坂のぼりゆく

わが利己（エゴ）を誰よりも知りし貌（かお）あれば鏡のなかに作り笑いす

桐の箪笥北向きの窓瑠璃の壺鏡のわれの背後にあるもの

君に問えどその名知らざる惑星を小窓に置きてわが誕生日

泣くことは夜の終わりにすることと定めしよりのわれの夕暮れ

首垂れてシャワーで髪を濯ぐときあるいは近し祈りの姿勢

一本の蠟燭がささうる闇のなかわれも照らさるる一つとなりぬ

灯を消せばつかのま闇の箱となる部屋に起き伏すわが裡の闇

初夏の茅の輪くぐりの日は来たる見えざるものを背負いくぐらん

故　郷

今朝割りしグラスのかけらの輝きももはや持たぬよ故郷というは

影ふたつ並ばせ母と帰りゆくまだわが部屋というものある家

見抜かるるごとき眼差しに耐えながら首垂れ母に結われゆく髪

あかねして日の沈みたる野にいればわが唇も翳りているや

胸いたく抱かれ浮かび来故郷の庭の柘榴の緋に裂くる色

君の爪の白き三日月　何処へもおちてゆけないさびしい月よ

うす白く稲妻はしる　ひびいりてなおしずかなるガラスの器

夜の海を渡りつつまた読む手紙一人は一人をかくやさしくす

明るむ水槽

風吹けど揺るることなき立像の塑像の髪は肩まで垂るる

草笛をふきて唇あつかりき空にさびしき鳥らのために

八つの耳さらされている真向いのシートにわれは耳隠し座す

地にながくのぶる樹木の陰に来て草食む山羊の向こうの夕焼け

注ぎくる幾千の河の水受けてやさしく呪いの暈（かさ）となる海

いずこかに薔薇の花弁も踏み来しや夜更けてわれに還りくるひと

乳房もたず声なく生くる魚棲みて月射せば
ほのかに明るむ水槽

解説

伊藤一彦

数年前に一度だけ高松に行ったことがある。玉井清弘に案内してもらって標高三百メートル近い屋島にのぼった。四国ではめずらしいほどの冷えこみをした二月下旬のもう夕暮れだった。玉井清弘が一つずつ指さしながら名を教えてくれる瀬戸内海の島々が夕映えのなかで美しかった。私が「島が美しいですね」と感嘆して言うと、玉井清弘から思わぬ返事がかえってきた。「こういう島ばかりの海を見ていると、ただ水ばかりの高知の海を見に行きたくなりますね」。

その夜は、と言うわけでもなかろうが、土佐の酒を飲みながら、玉井清弘と糸川雅子と私の三人で遅くまで語りあった。そして、私一人が酔っぱらってしまったような記憶がある。

今、その時のことを想い浮かべつつ、『水螢』を読んでいる。

月が沈む日が沈む海　爪立てど爪立てどわれに海は見えざり
引き潮のしめれる渚砂ひかりひかりて遠き海までの距離
その先に海あることの当然をふるさととして地を歩むなり
レモン一つ掌に重し投げすてようすてて遥々と渡りたき海
歩みきり生ききりたしとふるさとの海にゆきつく坂を歩みぬ
髪ふるる肩にうつ脈目瞑れば夜々われを鎖す海のごとしも
水際に立てばわが影吸いながら海は無色のひろがりとなる
この海を越えて死にたる血族（うから）なく新盆の夜に海鳴りをきく
鏡面の裡の鎮もり父母とこもりて一日海鳴りをきく

『水螢』に海の歌は多い。そしてじつに特徴のある歌だと私には思える。私の住む宮崎の地も眼前は海だ。日向灘と言う。しかし、日常の私の意識のなかでは、つねに日向灘であるよりも太平洋であって、どこまでも涯なく広がっているものである。渡ることなど考えはしない。

　糸川雅子の眼前も海であるはずだ。だが、彼女の海は眼前にありながら見えない海であり、遠い距離をもつ海である。

「遥々と渡りたき海」という言葉を何度も私は呟いてみる。宇高連絡船は一時間もすれば港に着くはずだがと思いながら。五首目を見てもらおう。糸川雅子にあっては「生ききりたし」と思うときに、故郷を捨てて渡るべきものとしての海が意識される。しかし、何らかの理由で彼女は故郷を捨てない。或いは捨てられない。したがって、海はつねに遠い距離をもつ見えない海であり、「遥々と渡りたき海」なのだ。そして、「われを鎖す海」なのだ。せっかく水際まで来たところで、七首目に歌われているように、渡れぬ海はもはや紺色の輝きを見せず「無色のひろがり」にすぎぬのはあまりに当然と言えよう。

また、糸川雅子は単に自分がそうであるばかりでなく、自分の一族がやはり海を越えなかったことに想い至る。彼女のこの歌集のテーマの一つは血族・血縁という意味での血であるが、そのモティーフはこのあたりにあるように思われる。八首目、九首目の「海鳴りをきく」という結句は全く同じ使われ方をしていると言っていい。

　今朝割りしグラスのかけらの輝きももはや持
　たぬよ故郷というは
　胸いたく抱かれ浮かび来故郷の庭の柘榴の緋
　に裂くる色

「故郷」と題する作品のなかの二首である。一首目、底の浅い作だが、そのぶん作者の故郷意識がよく見てとれる。抱擁のさなかに目に顕つ遠い故郷が作者の心を裂き続けるという二首目、離れようとすればするほど故郷が、ということは故郷意識が、断罪の斧をおろし続けるのであろう。

　はじけざる種子のごときを抱きつつ素足にふ
　めりゆるき砂丘（すなおか）

悲しい一首である。

若い女性の処女歌集である。『水螢』には多くの恋愛歌が収められている。先ず最も初期の作品である「塑像」の章から引こう。

　湧く思いすべてを愛と思いいしわが少女期の
　駆け足で過ぐ
　ひと愛する心の裏より暮れてゆくわれの夕焼
　け　はるかに杳し
　空よりももっと遠くの夕焼けをみてきしごと

く燃えいる眼

われに愛告げたるひとのありしこと太古の海に雪ふるごとし

君に問えどその名知らざる惑星を小窓に置きてわが誕生日

短い幸福な少女期が過ぎ、作者に新しい経験が始まったことを示している歌だ。万葉集に「たらちねの母が手離れかくばかり術なきことは未だ為(せ)なくに」の一首があったと思うが、歌われているのは彼女の「術なき」様である。しかし、これら五首、まだ少女期を大きく出た作ではあるまい。真の困難にいまだぶつかっていない。明るいセンチメンタリズムが漂っている。そのなかでは第五首目が私は好きだ。

わが先を歩める影はいちはやく河にいたりてわれを待ちいる

地にながきわが髪の影ふみながらわれを抱きに来るまでの愛

耳もたぬくらき輪郭わが影の髪のあたりをひとは踏みゆく

別れ告ぐる言葉聞くとき髪の下つつましくわが二つの耳あり

洗い髪たばぬるほどのあらざれば垂らすほかなく耳おおいたり

指つなぎ夕べを歩む腕時計わずかに異なる時刻(とき)示しいる

初期の作品に続く「歩む影」の章から引いた。何と言っても、この章で目立つのは「影」と「耳」という言葉の多用であろう。ともにこの章だけで十首以上の作品に使われている。「影」を歌うとき、恋人であれ自己自身であれ、実体を感じ得るというこの感性はあやうい。そして、ひたすら聴くためのパッシヴな存在、すなわち「耳」になろうとし、時にはその「耳」さえ覆いかくそうとする。いかなる困難に彼女がぶつかったのかは私の知るところではないが、自己喪失すれすれの状態にあったことは疑いあるまい。これらの作品は私にそう思わせる。その点では最後の一音が印象深い。二人の腕時計の「わずかに異なる時刻」への着目、そしてその感情を押し殺した表現。同じ章に「壺の底かすかな水に映るとき眼のみするどき少女のわたし」という一首があったが、腕時計の歌にうたわれているのはまさに「するどき」眼をしたもはや少女でない、センチメンタリズムを捨てた一人の人間の姿である。

　最も新しい作を収めた「ユダの掌」の章の恋愛歌は、破局がおとずれたことを示すような次のごとき作品だ。

人よりは確かに影が先に消え君は帰りぬ夜の
曲り角

月蝕(か)くる夜汝が髪がきえ背ながきえ踏めばし
ずかに羊歯はくずるる

草を焚く炎のかげは次が頬にゆらめきていま
未来はとおし

水面に萩垂れて揺るるしろき暈(かさ)いのちの裡に
ひとを閉ざせり

炎天に星ひとつおきてのけぞればわが相聞の
永遠(とわ)の姿勢よ

歌われているのは、ひたすらに「消え」ていく「君」だ。かろうじて「影」を通して「君」に繋っていた作者であるが、その「影」すらもはや失われてしまった作品と言えよう。そして、この章の作品のほうを、彼女が実生活において持ったであろう苦痛を無視して、私はよろこぶ。「影」を追い求める限りは不毛の生が続くであろうし、「影」を捨てる決意をしたからこそ萩の花のゆたけさを感受できたにちがいない。

「炎天に」という一首を読者はどう読むであろうか。炎天に星など見えるわけはない。この星はかつて「君」に問うたけれどもその名を知らなかった星だ。彼女はこの星を小窓に置いてみずからの誕生日を祝福した。星は「君」そのものであったかも知れない。とすれば、炎天の星についてあらためて言うまでもなかろう。見えないからこそ歌われているのが炎天の星なのだ。彼女は真蒼な夏空の奥に見えないが確かにかの星があることを思い、じっと視つめている。そして、下句のきわめて意志的な表現が視つめる作者の姿勢のすべてを語っていると言えよう。「影」を追う生き方と明らかにちがうものを私は感じる。それにしても、「のけぞれば」という言葉が効果的だ。性愛をも十分に暗示している。

糸川雅子の作品の特色は、これまでに引用した作品がそうであるように、一言で言えば、自己不安のういういしさというところにある。表現も技法も未熟な点はたしかに目につく。それらを糸川雅子はいずれ克服しなければならない。しかし、『水螢』の作品の持つ自己の生に対するひたぶるさ、それは例えば自己の生を決して観念で割りきろうとせず素手で対象にぶつかっていくという意味なのだが、そのひたぶるさが生みだしている自己不安のういういしさに読者は注目していいであろう。

胸までを水につかりてゆらゆらと誰も不可思議に半身もてり

「不可思議に」という言葉の使い方に糸川雅子の個性がはっきりとあらわれている。「胸までを水につか」っている人々が水面下に下半身を持つことは誰にとっても当然であるはずなのに、糸川雅子はそれが「不可思議」でならないというのだ。そして、そのような感受の仕方に素直にみずからもまた「ゆらゆらと」ただよっていたいというところに彼女の自己不安のういういしさがある。

水螢いれたる籠をさげゆけばうすき血縁の誰にゆきあう

歌集名に採られた一首であり、この集の巻頭作でもある。私もそれにふさわしい作と思う。「日本国語大辞典」を引くと、水螢とは螢の幼虫と出ている。しかし、おそらくは成虫の普通の螢を糸川雅子は自分の好きな水という言葉を頭につけてそう呼びたかったのであろう。ついに海を越えることなく死んだ血族（うから）たちの身体には流れていなかった血が自分のなかに熱く流れていることを糸川雅子ははっきりと知っている。しかしまた、血族（うから）たちと同じようにこの島を離れることがないであろうということをも多分直感している。そのような糸川雅子にとって島の螢はかぎりなく愛（いとお）しい。

だが、その愛しい螢を時として殺めたくなるような衝動がこれからの糸川雅子には待っているかも知れないし、そう私は期待もする。それはおそらくういういしさが捨てられる時かも知れない。最近結婚したと聞く糸川雅子の今後の作品を読者とともに眼を放さずに見守っていたいと思う。

あとがき

ささやかながら、第一歌集を編むことができました。

この集には、昭和四十七年から五十五年までの作品三百余首を収めました。「ユダの掌」が昭和五十三年以後の作品、「歩む影」が昭和五十一年四月から五十三年にかけての作品、そして「塑像」が昭和四十七年から五十一年三月までの大学時代の作品から選んでおり、それぞれの章の中はほぼ制作年代順の構成になっています。

この期間は、大学入学、上京、「まひる野」入会、そして卒業、故郷での就職という、私の十代後半からのほぼ十年にわたる年月であり、同時にそれは、高校時代に偶然のように出会った〈短歌〉を、みずからの自覚で選び直した時期でもありました。

日常報告の短歌を作ろうとしたことは一度もなか

ったつもりですが、こうして一冊の歌集にまとまってみると、その時々の自分というものが立ち顕れて来ることに、なつかしさと驚きとを感じています。そして、みずからの表現形式として〈短歌〉を選んだことの重さを改めてかみしめています。

集を編むにあたり、短歌を通して結ばれた多くの人間関係がありがたく思い起こされます。「まひる野」入会以来、わがままな作歌を暖かく見守ってくださった窪田章一郎先生、いつも的確な批評と作歌の指針を与えてくださり、またこの集のために多くの助言をいただいた武川忠一先生、そして、高校生の私に短歌との出会いの機会を与えてくださった玉井清弘氏、さらに、多くの「まひる野」の皆さん、本当にありがたく、心よりお礼申し上げます。

また、一度しかお目にかかったことのない私のために、お忙しいなかこころよく解説をひきうけてくださった伊藤一彦氏のご厚意は、とりわけ嬉しく感じました。深く感謝申し上げます。そして、出版をお願いした不識書院の中静勇氏には、一方ならぬお世話をいただきました。どうもありがとうございます。

昭和五十六年五月

糸川雅子

自撰歌集

『天の深緑』（抄）

I

白紙

魚のうろこ厨の床に散りたるをあつむれば
生臭き輝きとなる

身にちかきひとつ体臭かぎわけて獣のごと
し冬の嗅覚

血を重ね鎖をかさね冬の坂婚をなしたる二
つ影ゆく

わが影に出で入り白きひとひらの蝶も夕べ
の坂おりてゆく

うつむける時にはらりとふりはらいまた顔
あげて人にもの言う

生活の浪にあらわれしなやかにそいくるも
のを思想と呼ばん

書けど書けど余白のこれる白紙（しらかみ）の身が妊り
て歩みゆくなり

ふたたびを寝床にかえるあかときに人間は
温みをもつと思えり

*

一列に扉の並ぶ病廊をかえりゆく父の靴音
ひびく

九階の病室より街に雪ふるを母とみており
ひと日はくるる

病む母が夢に歩みしと言う峠葉裏かがやく
五月の峠

*

呪術より解かれて砂の上を舞い蒲公英の和毛(にこげ)
風に吹かるる

花びら

妊りて血にちかく眠る宵々をわれのさくら
は闇にひろがる

桜花散りゆく夕べ身の裡の泉にくらく胎児はゆるる

人間（ひと）として生きねばならぬ生き物の頭上に透きて花びらひらく

たどたどと母とわれとが歩む土手さくらは女をけぶらせて咲く

学びたる西欧の思想の断片に死という言葉多くありたり

深緑

眠りいる子はかたわらに置かれいてしたたるごとし天の深緑

水中に眼ひらける明るさか産みたるひと日の夕暮れの翳

産み終えて余白のごときさびしさは告げず電車の過ぐる音きく

こめかみの痛めるをひと夜の海鳴りとききて海より遠くもの食む

かの日ユダの足裏は何を踏みしやと指組み
掌を胸に重ぬる

子を抱きてたてば光が雫すと誰が唱えし昔
語りや

子をもちてひと日はながし乳母車押して歩
めば誰にも会わず

透明なひかりふるわせ響きくるひとつ泣き
声「母」を呼びいる

いまだ地をふまざる二つの足裏のしろきふ
くらみおそれて触（さや）る

II

昭和の桜

桜花散りゆく先の日没の河に人間は掌ひた
す

比喩にのみ語らるる真実　春の夜を昭和の
桜風にゆらげる

「思想書は神に向かいて語る言葉」神なき民
のいきいきともの食む

政治のこと語りてさむき灯(ひ)の下に男ら三人卓を囲めり

教育のなかに確かに聞えくる全体主義の鈍き靴音

手作りがもてはやさるる微温湯に指先あたため相寄るごとし

母性の神話夜々男らは紡ぎいて春の黄昏窓に灯ともる

「落日」とうはるかなる言葉この国の水辺に人間(ひと)に桜散りしく

昭和の果てを見尽くさず逝きし三島由紀夫その霜月もとおき「昭和」ぞ

母国といい母国語とよびこの国の言葉によりて子等育ちゆく

土葬の村に花は咲きたり花冷えのころの夕焼けことにあかるく

上の子に月の満ち欠けを夫は語りわれは下の子抱きいる家

「妻」という言葉貶め妬みたる青春は過ぎわれも妻なり

無自覚に選びしもののごとくして子等の垂れ髪掌に撫づ

異なれる性ゆえつねに他者として二人子は片辺（かたえ）に肉太りたる

嫁ぎこしこの山村も拓かれてぽっかりと白く山膚みゆる

花をふみ花をふみして帰り来ぬ春の日昏れの縁の冷たさ

ここよりは行き処なきをまた思う画帳にながく線路描かれ

忘れられなおみずみずと野に匂うレモンのごとし過ぎし青春

眠られぬ夜はたどれりすでにして母を亡くせしそのことの意味

世界へと他者へとわれをつなぎたるしずかな架橋　二人子眠る

静脈

神の存在証明を学びし哲学の講義の断片チーズは匂う

妊ればいずれの夏も血のうすく帽子目深にかぶりて歩む

吊り革を握ればわれに向きて並ぶ四つの指の静脈の青

子の胸を掌に抱けばその鼓動はるけくひびく目瞑りてきく

死の縁にふれつつ世界は暮れてゆく母よわたしの影は見ゆるや

飢えてゆくこころの部分を魂とはよばざれどきょうもむしあつき夏

出産の入院準備の黒カバンがばっと大きな口をひらきぬ

Ⅲ

風にひらく

われもまた少し幸福に縁あるごとし秋の日昏れのぬくき錯覚

河の水海へと流れゆく音になべての音の吸われゆく夜

秋彼岸生まれたる子の重たさを腕(て)にゆらしつつひと日過ぎゆく

女子(おみなご)の母となりたり藁を焼く煙は日昏れの野を這いてゆく

紡ぎ紡ぎ何を伝えてゆくならんまずしき母とわれを思うに

空澄める秋の地上に生まれきて小さき掌風にひらけり

ははそはの

谷ふかく桜散りくる夕暮れをははそはの母と風を見上げし

名付けては子が飼い初むるぶち犬の毛を吹く風をみている……家族

濡れている掌ふたつ子につなぎ桜前線北上を聴く

ダンガリーのシャツ揺れておりわが過ぐるとある村落の農家の庭先

空さむく春めぐりきてははそはのははと桜ちりゆく

壮年期

たどたどと歩み巡りし宮池の水面ゆれおり今壮年期

緩慢な動作の男の子を励ましてせかしてひと日のおおかたは過ぐ

両の手を食卓におき子は語る学芸会の「かさこじぞう」を

「太郎」「次郎」と子を呼びかえて昔語りわれは厨にもの煮る山姥

時の回帰――マヤの神官（ひじり）は新年の金星を夜空によみ解きており

己が血であがなえるもの何あると干したるふとんに潜りて思う

珈琲の苦味酸味をかみわけてわが三十代終わりゆくなり

『組曲』（抄）

I

回廊

時間ひらたく大皿の縁にもりあがり今しあふれん五月の朝

回廊の入り口にたつ石像は頬髭ゆたかな瞑想者なり

たった今伐りたるごとき鉈傷に夕陽あたりて樹は立ちつくす

右腕の指先痺る　しなやかにひろき背中の春に媚びたり

恋文にうたれし読点うっすらと街を吹きゆく砂にまばたく

舌にあまく砂糖衣はとけてゆきひとの言葉を口にころがす

しなやかに動くが見ゆる言葉尻とらえてきけば鈍色のしっぽ

僧院の回廊をめぐりゆくごとくやさしき「母」の貌（かお）にて微笑む

偽物（レプリカ）の聖像は窓辺に置かれいて茶房のそとをながれゆく時間（とき）

瞑想をおえたる人のまばたきは星よりながく立ちつくすかな

海に昏るる夕暮れの国水たまりを小さくまたぎて土間に入りたる

いもうとを娶るといいし砂の国の昔語りに今宵うなずく

内海

風葬の島に菜の花咲き満ちて瀬戸の内海ゆらゆらと春

よせてはかえす春の浜辺の波の音子を膝にだき目瞑りてきく

書いてみたき言葉のひとつ「未来永劫」子のみるアニメに煌きており

兵士たる貌をもたねば日本のわれら市民に春の風ふく

周期もつ生き物——大地に風を食み風をはきつつ女はあゆむ

箒にのり「魔女」を練習する朝のおみなごの声階下に聞こゆ

国語辞典の脇に聖書がたちているトップライトの下の本棚

乳母車押すはさびしきこの地上戦（いくさ）の火種ちろちろ揺るる

「異端」描く書を読み眼疲れたりオレンジソースを鴨肉に添う

冥王星

冥王星くらき球体を一滴の涙がはるかにささうる五月

指組むをしばしの遊びと子はあそぶあそびてながきわが壮年期

桜咲くかたえの窓は薄白くさくらのひかりをあつめて輝く

化粧せずなりしより夫の体臭をさとく嗅ぎわけ雨をみている

洋傘（こうもり）をさして歩めばその黒き愛恋のごとき色にかくるる

苺をしろきミルクにしずめ空の涯金のスプーンにわが貌うごく

薄暗き納戸のなかにそれぞれの位置占めものは鎮まる……「国家」

敵もたぬ春の日の暮れピアノ弾く少女の脇にわれは立ちたる

過疎の村をめぐれるバスとすれちがう勤めを終えて河わたるとき

夜の厨ふせておかるるさまざまの形のうつ
わ曲線の武器

傍系伝

マクベス夫人「私は子供に乳を飲ませたことがある。
自分の乳を吸われるいとおしさは知っ
ています」
（『マクベス』第一幕第七場）
マクダフ　「奴には子供がない」
（『マクベス』第四幕第三場）
福田恒存訳『マクベス』より

「権力」とう言葉使えばそこのみが咬み合わ
ぬ歯のごとくきしみぬ

夫と妻あるいは家族女と男ささやかな領土
のもろき共犯者

君に賭け夕陽にあかき石段を昇りては美(は)し
き妻となりたる

「あまき乳」――豊穣の大地の実りのように
おもき滴り

夜着うすく肩をおおいぬひやひやと精神の
枝風になびける

マクベス夫人の傍らに子は育ちおらず手に
蠟燭をもちてさまよう

胸の高さにつづく石塀その先を曲がりて奥へと続ける回廊

血のあかさ乳のしろさとそれぞれの色にかくるる毒の味わい

野心のあかき壺をみたしていくならん夫婦と呼ばれて男と女

マクベス夫人は子を生まざりしや血の譬えおおく煌めき城壁そびゆ

*

産み忘れしわが子のありや藁屑はひと日の秋陽を吸いては匂う

小さき爪のともれる指を手放しぬ捨てられたるはむしろわれなり

忘れられ生まれぬままの少年は天空に小さく群星となる

II

正午

まだどこかだまされているごとし八月の正午の空に雲はふくらむ

皇（おう）は小さくかつくっきりと佇ちており戦（いくさ）の夏の本営の奥

少し背をこごめて乗りたる乗り合いの馬車は日本の石路走る

やがてここを翔びたつはずの白鷺の脚は汚泥に濡れつつかくる

わたくしは道標（みちしるべ）いまアンタレスのあかきひかりは地表に届く

「学ばねばならず」と人を諭すこと生活となせばうそうそさむし

人を待つ眠りの姿勢飼い犬は東を向きてまどろみに入る

縁側

痩せゆくと老いゆくと人をみておりぬみるはつめたき日暮れの縁側

寝返りを左右にうちてさて今は眠らんとすればもどりくるもの

くきやかに朱の花押を入れしよりたたまれてながきねむりの古書(ふるふみ)

前髪を截りそろえたるは滅びへの予兆のごとし　少女の眼

すれちがうふたつの風の肩ふるる会話途絶えてひろがる沈黙

若き日の母の眠りに入りゆかなわれはうとうと日向にねむたし

分数の足し算の理解に苦しむを子はひと時の遊びのごとし

生徒への怒りはしばしをコッコッと不格好に銅の板をころがる

ああああと桜にかくされ春の空西行法師の杖あゆみゆく

きわまりてきわまりて咲ける桜花落武者が
泣いているような空

ゆるやかにかつ確実に向かいゆく彼方の岸
をさまざまに呼ぶ

歌言葉砦のごとく組みており扉にくろき閂
ひかる

からくり

からくりとよばばよぶべしこの夕べ地表に
向けて桜散りゆく

草色のスケッチブックをたずさえて春の日
暮れを帰りくるひと

メタ言語・メタメタ言語からくりの言葉の
回廊　扉おもたし

街辻を右手に折るる　回廊をめぐりめぐり
て春立ちつくす

足裏を小さく濡らして縁側の障子のしろさ
に帰れるこぎつね

所在なげに両手を後ろに組んでみるさくら
は春の風にそいたる

水くぐり出でくる瞬間（とき）のかたまりがわが少
年となりて貌（かお）あぐ

久しぶりに激して泣ける夕まぐれ泣きたき
ことは壺よりあふる

身に添える起伏のごとし酔止めのあかき錠
剤掌にまろぶ

Ⅲ

幻想

ととのえて陽射しに向かわん謀（はかりごと）きざせる山
のごときこころよ

みずからの影つれのぼる坂道に桃の蕾はふ
くらみはじむ

みひらきてみていることを「近代」に重ね
思えばまなぶた痺る

あぶら紙に火をつけるように……おしゃべりな男と言われているを知らざり

采の目に切りたる豆腐いくつかは形いびつに湯にたぎりたる

帆柱にしろたえの麻の帆をかけて海わたりたる夢に疲れぬ

幻想の皇国のようにのっそりと飼い犬が軒にねそべっている

朱き実を結びておりし草こえて一直線に犬走りくる

専売の塩売られたる店内に螢光灯の二本ともりき

図式すればつまらなくなってしまうものあるいは図式できないものを……

カオス……カルト……指さすものをたどりゆき夕餉の卓にかぶらを食める

子ら帰りくる

てのひらの形をしたる入江ありふとぶとと
われは生きたきものを

袋帯が二本かけられ福助の人形がすわるし
みぬきの店

抽象の衣をまといて歩み来る雪野の僧侶の
ごときさびしさ

歳月を生みたる母の脚のように陽射し濡れ
たる春の夕暮れ

レース編みのうすむらさきの細編みに生ま
るる前の星は眠れる

折々のわがさびしさを慰むる夕日のように
子ら帰りくる

幸福になれよなれよと傾ける夕日を枯野に
立ちてみている

コンソメに銀のスプーンを沈ませつ銀河は
すこしくわれにかたむく

さいぎょう

白峰にて

歳月の湖(うみ)をわたれる帝王となりたるひとりをながくは愛さず

白峰も歌いつつ越ゆべき坂道としばしこころの麻の手触り

寄り添いて寒夜に月光(つき)を北戸より眺むるごときさびしさとしる

吊るさるる干柿が風に揺れはじむ木立の向こうへ曲がりゆく道

ただ月の光受けけんとひらくときこころはしろき砂原となる

幾百の歌ちりばめて中世のぬばたまの闇へこころを隠す

すて去りしものを「みやこ」と呟きてかなたに美(は)しき春の菜の花

分光器　花野のひかりを分散す歌いて花にまぎるるこころ

また帰りて

たらの芽を庭隅に採りて夫の揚ぐるてんぷらを家族はあつく食みたる

珈琲をぐびぐびと飲み『ルームメイト』読みてしばらく怠惰でありぬ

「モノニツケ」「モノニツケヨ」と語りつつデカビタの擡卓上にあり

青空を好みて仰ぐと思いしが犬の色覚貧しきを識る

残り物でできる献立みっつほど書きつけて春の街に出でゆく

ジュラルミンの春陽に溶けてゆくように輝くように春のまなざし

*

語るよりふかく思えと歳月は小庭の砂となりてささやく

『タワナアンナ』（抄）

砂漠にねむる

限りなくやさしくなれる朝のため幾千の夜を砂漠に眠る

帰らぬものは帰らぬままに愛したりたかだかと砂漠に月わたりくる

すててすてて髪につきたる砂こぼる彼はいずこにこの星を歌う

愛されているとは思えず向こう側の灼けたる砂の起伏を感ず

たまゆらを砂の匂いは過ぎし日の昭和の夜のわが笑い声

奔放に生きてみようとふと思うめぐりの砂は足裏にくずる

葉の裏の葉毎のかがやき雨後を来て山の緑のしたたりやまず

CENTURY

目深なる野球帽よりのぞきいる澄みては強きあれは子規の眼

*

ねがえりをうてば少しく見えてくる椎の梢のような世紀末

椎の実の落つる音はもきこえざり子らの跫音ここまで届く

朝飯はヌク飯三ワン・ハゼ佃煮・ナラ漬・牛乳・菓子パン一個

花房の藤の色合しみじみとひかりかかげて枕辺に垂る

*

彼の人の立てるは「近代」その坂を漱石らしき人影もゆく

石敷かれ整えられてかっきりと二十世紀の石路となる

無くなるものこの敷道のいずこにもあらざるごとき平らかさなり

見ておれば眼疲れてくるようなかがやくような石組みの路

消ゆべきもの喪いしものこもごもに見えざれば石路おだやかに照る

「視覚による西洋理解が概念による理解に先行」す
（佐藤道信『明治近代国家と近代美術』）

上野の森にさくらけぶりて近代の明治の坂をひたすらのぼる

ならされてそれでも夢のまどろみに怒る犬見やさしく撫でん

＊

子規の机ながきその後を寝床より見上げて彼は何を見ていし

乾燥芋嚙み切り味わう陽のにおい彼の人は乾物好まざりしや

交差点曲がりて路地の奥にきて茶房「イノセント」の窓にともる灯

ベイグルサンド・アメリカンコーヒー・世
紀末うすき味わいを喉に味わう

「近代」「戦後」どの坂道もさびしくてそれ
でも水は沿いて流るる

まばたきて微笑みており遠過ぎてわたくし
の言葉は彼に届かず

見ることに疲れて瞑ればふわふわと飛蚊症
にただよう二十世紀

『夏の騎士』（抄）

余　白

初雪の降りたる朝その深さ尋ぬべき人われ
は持たざり

制服の三人の子と畦道で喪服のわれが見上
ぐる青空

もう少し仲よくしてればよかったと空を見
上げて彼につぶやく

最後の賜物のように空澄みて小春日和の陽射し受けたる

言葉食み生きたる歳月かなしみを置き換えて言葉は硝子の階段

幸福そうなやりとりをしてわれを知らぬ遠くの店にて電球を買う

「未亡人」と呼ばるる者に成り果てぬ未だ死なざる余白の白さ

てんくう

子らあれば死ぬわけにいかずそれならばこのまま冬陽に溶けてゆきたし

「ししゃ」と書く乾いた言葉の手触りの麻のごときが眼にいたし

研究室の扉のプレートは「外出中」永遠の外出よりかえらざる夫

鞦韆の綱のごときが垂れ下がり冬の陽射しの中空に見ゆ

「不幸な方にお話しています」信仰を説くため見知らぬ女来りぬ

この後はわれのみが老ゆ寒の空遠くの星は今を瞬く

「てんくぅばし」モノレールふわと止まりたる夫に近き駅かと眺む

天空に置かるる椅子の坐り心地夫は語らん帰る日あらば

うっとりと夢みるような陽射しきて君はとおくにあくびするらし

この指に抱かれしときの陽の匂いパネルに君は大きく微笑む

近づけば粒子の粗き写真なりタートルの頸に皺のよりたる

屋台骨たたき割られて崩れゆき廃屋となる
家族の歳晩

「自分のことばかり考えるひと」折にふれ夫に言われてその度拗ねし

初夏の真緑

みずとみずのあわい小さく畦道は初夏の真緑くちなわがゆく

石段をふとふみはずす炎天は声なきものに呼ばるるごとし

いくらでもさびしくなれる人間の飲食（おんじき）のため麦熟れてゆく

天窓ゆ夏の貌して青空が午睡のわれを見下ろしている

すこーんとぬけた空間のむこう空ありてその折々の色をたのしむ

比喩の「髪」にこころひかれて一日ありやわらかく髪にひとひいやさる

ぬるま湯にゆっくりふくらみもどりくる干椎茸の日向の匂い

飼い犬はけものの匂い鋭くなりぬひと晩雨の降りたる朝

まぶしげな顔して並ぶ小家族写真のなかに
ワレラシナザル

ミラノ

「ミラノハキリガオオイ」時に彼は語りき
ひたすら霧を見つむ

灰色の空の下なる煉瓦色スフォルチェスコ
城の石段を下る

未完ゆえ眼とざすゆえそしてまた母と子ゆ
えに似かよえる貌

母は子の死にたる後のその重さ腕にかかえ
て膝に支うる

マリアもまた死すべき人と刻まれてロンダ
ニーニのピエタの悲哀

ゆるがざる空間を築きその果てに恍惚とし
て神の国あり

車窓より路面電車の止まるみゆ若き夫が降
りてこないか

この街をなつかしそうに語る声いつも青春
の匂いしていし

唇の先につきたるカフェ・ラテの泡をなめ
ては恋を確かむ

夜汽車

目覚むれば家族はみんないなくなり夜汽車
にひとりわれが眠れる

「ものやおもふ」と誰も問わざり問わざれば
おそらくわれはものをおもわず

義母が病み飼い犬衰え職場では仕事押し寄
せ春となりたる

予報には違わず降り出す夜の雨折り畳み傘
ひらき受けとむ

「いたわってもらってもね」呟きて米洗う水
まずは汲みたる

それだけのことなのだろう電池切れ腕に時
計の時間が止まる

思索犬と家族は名付くこの犬は喉頸(のど)をさら
して空を見上ぐる

片付けがひとつもすすまず夜がくるそれで
もひとに会うのだろうか

「むかしはものをおもはざりけり」くるくる
と梨の皮剝くごとき歳月

こんな夜は汽車に乗っているのならきっと
遠くの街へ行くのに

甕の底

明け方に降りたる雨をかわかして冬の朝を
風はつめたし

湯気ほそく薬缶の口よりのぼりきて日の出
までにはまだ少しある

小口切りの細葱だけをちらしたる「かけ」
とよばるるうどんを啜る

夢も死ぬ　夢は死ぬ　夢だけが死ぬ　解体
工事のような人生

ただただ雨がこころのなかに降ってくる蓋
がないから降り込んでくる

午前十時雪どけ路に陽は射して赤きスリッ
パの爪先濡るる

ぷるぷると体(たい)をふるわせ活動の前段階の犬
の眼と合う

オリーブの油は濃き比喩壮年の恋のごとき
は胸にしたたる

卵生のものらは花野にしずかなりこぼれ咲
きたるコスモスゆるる

倫理の船哲学の壁晩夏を畦にクサカラシ撒
きつつ思う

積み上ぐる壁は石積み　いつか壁はその重
たさに崩れてはゆく

外側に扉ひらけば青空が大きくのけぞる一
瞬がある

枯れ芝の土手なだらかに広がりて向こうに
水の流るる音す

日溜りに猫のような　と凡庸な比喩を思い
て一日はながし

ものの多い家だと思う片付かず夕方がくる
仕事も部屋も

亡きひとの妻であること雪の夜甕の底ひに
眠れるごとし

昭和の夜ともせし電球　声あげて寺山修司
の歌を読みたる

さくら

今はもう回らぬ水車が立っていて川の土手には桜咲きたる

春くれば忠魂碑のうえに桜さき昭和がひっそり深呼吸する

夫あらばこのこと告げんと思うこと春には多し　指先舐める

泣く前にふかく呼吸をすることを覚えてしまい泣かずに生きる

不幸はむしろ胸張ってくるので迎えるわれは微笑んでしまう

さくらさく季節はしろき橋かかりむこうの岸よりひとの声する

『橋梁』（抄）

Ⅰ

世　界

朝焼けはくすくす笑い小走りに寄りくる少女のようで　なつかし

あかのまんまかたわらにありうとうととまどろんでゆく犬の午後二時

パリのような東京のような街映る音量ゼロの画面のなかに

山川出版の教科書で学ぶ世界史のなつかしさかな　高校時代

どんどんと世界は狭くなってゆく飢えたる子らがうずくまりつつ

「インターナショナル」から「グローバリゼーション」へ掲げられたる看板替わる

すっとぬける草と力の要る草がありて座敷の庭にかがめる

平手にて頬うつごとし秋空はきれいな青でリセット迫る

鉄橋の向こうにおちてゆく月は二度と会えないひとの顔する

眼の秋・耳の秋

あききぬとめにはさやかに見えねども風のおとにぞおどろかれぬる　藤原敏行

秋山に誰も知らざる風ふきて風のにおいが里までとどく

風の声ときには嘘も言いながらそれでもいつしか秋がきている

水面にぽちゃんと小石の落つる音私の体のなかからきこゆ

「おどろく」と目覚めることを言いおりき祖母ありて昭和の朝なつかし

神無月　稲穂の色のパンを割き旅人のような鞄をさげる

ひっそりと朽ちてゆくだろうこの家は法事の薬缶を蔵から運ぶ

笑い声いじわるそうでせつなくて秋告ぐる風柿の葉にふく

落ちている熟柿を踏んでしまいたり靴のかかとがぬるっとべたつく

伊予の国海沿いの町に「大西」とう駅名あれど降りしことなし

夕暮れの情景ばかり並びたる歌さびしくて寡婦のようなり

幸福な女流歌人はガラスふきシチューを煮つつ言葉を紡ぐ

毒入りの冷凍野菜報じられ世界は魔女の大鍋のなか

とがっている感じを残し東京の坂の向こうに夕日沈みし

鉛筆の短くなれるに力込め字を書くようなひたすらさかな

野菜スープとお粥ばかりを食べている女のようなり　譲りたる恋

消費期限過ぎたる恋は黴もせず朽ちてもゆかずしずかにわらう

買い替えて薄くなりたるテレビには今年の
　山の紅葉映る

家電みなちいさくうすくなってゆき平成の
　秋ちんまりと坐す

再婚をさかんにすすめてくれる秋　娘もほ
　どなくわれを離れん

生真面目な男子生徒の姿してつぎつぎに柿
　の葉枝を離るる

憲法

「日本国憲法」は一九四七年五月三日に施行された。六十三年が過ぎ、二〇一〇年当時は民主党政権であった。

この人の若き姿を少ししかすでに知らざり
　知らざれどなお

六十三年　日本の春を見上げ来し時にはこ
　こへさくら散りきて

人間はきっと誤るものだから……眠れる背
　なに布団をかくる

この人が死なばたちまち書きためし言葉は
　夜具とともに焚かれん

舌打ちの声押し寄する幾年かありてひとまず　小康状態

「ダレカナ……」掠るる声が尋うてくる「わたし！」と明るく声を響かす

卓上のおじやの椀のかたわらに鯨尺あり何を測らん

樟脳のにおいしている抽斗に冬の肌着がたたまれてあり

ぬるくなり金盥の水捨てに立つとおく入江にゆるるさざなみ

この水は世界につながる海だからときどきどっと波打ち寄する

気がつけば離れのあかり消えており縁の向こうに闇が際立つ

玄関の戸が開き誰かの声きこゆ悪い知らせでなければよいが

II

いわし雲

柱にもたれかかれば背な温しとおくの秋を
思い起こしぬ

思い出のなかをくぐりてかえりくる赤とん
ぼあり　指を差し出す

大きなる素焼きの甕の秋となり内には温く
蛇をねむらす

ビニールの傘さしゆけば傘のなかくちびる
のさきほのぼの湿る

バロックのパールのようにうつくしき歪み
を愛でし「イデオロギー」を

見て触れてかわいいものが愛さるるかわい
いものは昼も眠たし

貴船川間（あわい）を流る謎ひとつ謎ふたつみつころ
がしながら

馬舎人馬にもたれて眺めしは入り日に焦ぐ
るいわし雲かな

しきしまの

しきしまのやまとしうるわし美しき言葉に
語る〈ヒロシマ〉〈フクシマ〉

夜くらき海沿いの村作りたる電気は首都に
運ばれてゆく

クリーンだからと白き姿に蹲る巨大なるも
の夜舌を出す

咳き込めば背なに差し込み灯が消えて上半
身に痛みある列島

水底を歩めるごとし足首がひやりつめたし
列島の春

火が欲しい寄り合えば温ししかし火が欲し
いと思う記憶の底に

見えぬ火を手にしてしまい人間は昼も見え
ざる敵に向き合う

「安全だ」語らるるとき口腔（くち）の奥ちろちろ動
き燃えている舌

もやもやと春は霞ぬ遠からず愚かなりしと
語らるる時代

「ガンバロウ」繰り返し声を掛け合えばやがての春に花は咲かなん

ひとつこと言うは恐ろしどの口も「オ國ノタメ」と唱えし時代

北のことことしは思わず　うすずみのさくら呟きしろく散りゆく

守るべき場所をみやこと呼び習いぬばたまの夜を運ばるる電力

もうすでに明るき夜は帰りきてこの都市は人間（ひと）にひどくやさしき

あかあかと卓に灯を置き歌語る男のようなり首都の時間は

東京が大好きだった若き日のわれを思うは恋のごとしも

椿

制服の少女ら日なたに群れ合いて遠く見ゆれば椿のごとし

咬み合う前の闘犬のような声を出す男子生
徒と廊下に出会う

しゃがみ込み見上ぐる夕空殊にあかく犬の
目線を味わっている

月光（つきかげ）に照れる椿の葉の繁り死者の眼いくつ
見下ろしおらん

穴子鮨盛りつけ脇にはたっぷりと阿波の番
茶の湯呑みをそえる

とべばまた地表に帰ってゆけるから涙目を
して椿つぶやく

落椿ななつひろいて草の上ならべてかえる
家の庭より

あざやかに落ちたる椿窓に見てひねもす立
ち居のゆるき怠り

晴れと雨と

雨だれの音の奥からきこえくる畦を近づく
地下足袋の音

飾られず幾春過ぐれば薄闇に眼（まなこ）は馴れて女
雛またたく

曲がりたる細き畦道なつかしき靴にて大豆
を踏まぬようにす

海沿いの国道のそば夜灯りコンビニは建つ
その前に待つ

ギリギリに個体識別可能なる距離にて手を
ふる傘をもちあげ

冷却の電源喪いゲンパツは制御不能の巨大
なるオニ

オニ怖しやがて食われてしまうだろうすで
に大鍋湯気たっている

地球はおおきな方舟　先の世にわれは海辺
に水売るおみな

雨雲の後ろに青き空ありきむかしむかしの
この国のこと

鳴雪書く「鐵幹君より文藝の士は戰争と関
係なしと申越され」と

（「明星」明治三十七年四號）

背後には晴れたる空あり鷗外も漱石もおり
憂鬱な貌して

清明のあした明治の男らは手鏡かざし髭を
ととのう

おもむろに頷き決して歯をみせて笑わぬこ
とは彼らの流儀

土砂降りの雨は程なく降り止めばからっと
広がる明治の青空

脱臼の肩を押さえて青空へジャンプしてゆ
く　近代日本

坂とおく続きておれば蝙蝠の傘をたたみて
彼らは歩む

歌論・エッセイ

「いまへの収斂の詩」としての短歌
――『秋照』をめぐって

一

『秋照』は一九八一(昭和五六)年に刊行された、武川忠一の第四歌集であり、昭和四九年から五四年までの作品五六一首が収められている。この『秋照』によって武川は翌五七年迢空賞を受賞しており、同年「音」を創刊することになった訳であるから、『秋照』は武川のあの時期の到達点であると同時に、次のステップへの出発点となった歌集であると位置付けることができるだろう。そして、そうした思いは武川自身のなかにもあったことが、『秋照』の「あとがき」を読むと伝わってくる。

ある時期から、わたしは、歌はいまへの収斂の詩であり、いまの、その折々の生の奥にあるもの、存在の奥にあるものとの交流が、歌を生む源泉であることを、いくども噛みしめ反芻するようになった。

武川短歌に近づくための重要な鍵であり、武川作品を語る際によく取り上げられて論じられる言葉であるが、正直に言うと私の場合は、実感として「わかった!」と言い切れぬもどかしさのようなものがずっと残っていたことも事実なのである。無論、私の理解力の問題であるので、いささか言い訳がましくなってしまうが、武川の文章自体にも、読み手に「わかった!」と容易に思わせない面があることも事実ではないかと感じるのである。

現代短歌論集『抒情の源泉』を、佐佐木幸綱が「評論家ではなく、歌人が書いた評論であるという線が意識的に前面に出されているのだ。」「これだけ誠実に、具体的に、自作で責任をとるかたちで思考と論理を進めようとするならば、枚数に関係なく、評論は早くは書けないだろうなと思った。」と評し、内藤明が武川の仕事について、「武川は、作歌とともに、論を書き、研究を積み重ねてきた人であった。創作と批評と研究の三位一体を志し、文学としての短歌をもとめつづけてきた。（略）伝統詩型に依ることの根拠を問い続けるとともに、その仕事は地味で論争を好まなかったが、放恣に流れるのを警めつつ、鋭い人間洞察と、柔軟な歌の読みがあった。」と指摘しているように、武川の文章は声高に何かを外に向かって言い立てるものではなく、歌論や評論の「論」においてすらも、それは、自己の内へ内へと分け入りつつ確かめつつ、言葉を発するものであったのだ。だから、読み手には、それを読み解く力が必要となってくるように感じる。

この追悼号歌集評で『秋照』を担当したことをよい機会と捉え、『秋照』の具体的な作品に即しながら、「あとがき」で武川が語ろうとしたことについて改めて考えてみたいと思う。

二

『抒情の源泉』は一九八七年の刊行であり、歌集で言えば、刊行順に第六歌集『地層』第五歌集『緑稜』と重なる時期である。ここには、『秋照』の「あとがき」を読み解く道標となるはずの、「内実と綜合と」「源泉の確認〈短歌を生かすもの〉をめぐって」等々の歌論が収められているが、同時に「I」には斎藤史、窪田章一郎ら七人の歌人論が収録されていて、それぞれの歌人を論じる際にも、武川自身の作歌姿勢が濃厚に反映されている。

「斎藤史『ひたくれなゐ』の生」では、「密呪」のはじめ三首をあげて次のように語る。

うすずみの夢の中で現実よりも匂う桜花、――「うすずみの夢」の生、その光と影、華やぎと翳りと、それにもまして、過去と現実という、実は長い時間の中におかれた、生のありようを感じて読むのである。

また、「塚本邦雄　夕映えの鎮魂」の特に「2『感幻楽』」は、塚本の世界の魅力を熟知しきった達人による読みの開示がまことに刺激的ですらある。引用したい部分は多いが、要点のみにしておこう。「花曜」の一連中、「馬を洗はば」の一首のある章について、

> この「馬を洗はば」と「人あやむる心」とは響きあって、官能的な生ま生ましさを伝える。いさぎよさとともにある奈落であるがゆえの、凄惨な美だ。昂然と頭をあげながら、覗く奈落、それがこの一首の緊迫した響きそのものである。危うい緊迫の響き、この響きに賭ける類いない痛烈さ、痛切さゆえに、一首は生動する。上句下句の転換を支えるこの響きにこそ、存在そのものの根源を問いつめる、生とは何かを問いつめる生ま生ましさがある。

と分析する。優れた作品に、武川が何を見ようとしていたかが明らかである。「夢の中で現実よりも匂う桜花」「光と影」「華やぎと翳り」、そして「過去と現在」。痕跡をとどめぬ空虚さと、それゆえの美しさ」「水から火に転じるまことに巧みな呼吸」「昂然と頭をあげながら、覗く奈落」、こうした二律背反を宿したところに生み出されるものにこそ、その「緊迫の響き」にこそ、「存在そのものの根源」を見るのである。こうした二律背反を抱くものこそが、人の心に届き人の心に残り続ける、まことの優れた短歌だと考えていたことがよく理解できるのである。

三

身に浴びる雨の雫を払いつついま蒼々と木立は揺るる

撓みいしいまの心ぞ寒の月しめり帯びたる石に射す光（かげ）

こらえ性なくなりしいまの昂ぶりか洞ゆく寒（かん）

の風のごときぞ
ものの音絶えたる闇ぞ氷（ひ）の湖のひしひしとい
ま身を緊むる闇

『秋照』には、「いま」という語が多く出現する。前述のような視点に立つのでなければ、この「いま」の働かせ方の説明はつかないであろう。「いま」は、「この今」と言うがための限定ではないし、単なる強調でもない。「いま」と歌う時、作者武川は、「いま」の彼方の「時間」を同時に見ているのである。「いま」を過ぎ去った時間と対比させているのではない。それはイコールで同時なのである。「いま」と歌う時、そこには、今ではない時間が呼び出されているのである。そう考えるのでなければ、これらの作品の「いま」はいささか過剰過ぎる理詰めの説明になってしまうであろう。「反転させた言霊」と言えば、あまりに粗く、図式的過ぎるであろうか。しかし、武川は「いま」と歌いつつ、同時にそこに、「今ではない時間」を見るのであり、この点に武川特有の時間意識を生み出すものがあると考える。

山の炎（ひ）の野の炎（ひ）の幾夜焦がす空ひぐらしは啼
くいまのうつつに
ひとときに舞い乱れゆく花びらの空の嵐はう
つし身に鳴る
さまざまの無様をたもつ年齢の汗ぞとぬぐう
うつし身の汗を

「うつし身」という言葉にも、同じ構造が認められる。「うつし身」と歌う時、そこは当然、もはや滅び去った者や非在の者らの濃き気配が漂う。合理・論理で考えるならありえないような、二律背反的なものを二つながらに抱え、そのことによって、さらに深いところで自己表現を成立させるものが「短歌」という詩型であることを、「いくたびも噛みしめ反芻する」のである。「あとがき」は、次のように続く。

短歌という伝統詩、定型詩が、長い伝統の重さを背負いながら、今日にまで生きてきた根深さ、そのもっとも深いところにある理由の一つは、右のようなところとも関係するのではなかろうか。
そうして、この詩型の奥深いおそろしさを、自分にいい聞かせたいとも思う。

四

夕映えの色おとろうる街をゆくあとかたのなきもの一つあれ

「繭玉」の一首である。自選歌集『霧鐘　武川忠一歌集』の解説「武川忠一をどう読むか」で、佐佐木幸綱はこの一首を入り口として、武川短歌の読みについて、興味深い切り込んだ論を提示している。「歌壇」の〔作家研究シリーズ武川忠一〕でも、この佐佐木の論を冒頭中心に捉えつつ、高嶋健一が武川忠一論を展開している。佐佐木の解説を引いてみる。

この歌の上句はどう解すべきなのか。夕映えの色がおとろえ、やがて闇がやってくるはずである。闇がやってくれば、夕映えは消え、そのあとかたはなくなってしまうのか、それとも、闇が一面を塗りつぶしてしまってもなお、歴史の中に、人の記憶の中に、夕映えという現象が存在したという事実は消しがたくあとかたを残すのだろうか。どちらともとれる。どちらにとっても、「あとかたのなきもの一つあれ」とする希求は一応は分かる。しかし、ここでは、後者をとるべきであろう。（略）前者のように読んだのではこの歌人を読み込むことはできない、というのが私の考えである。

実際『秋照』には、「夕映え」「夕べ」から「夜」にかけての現象や情景が印象的に歌われた作が多い。

水明り花のごとくに誘いて夕べの沼は風に乱るる

昏れのこり華やぐこぶしの花の白去りてかえ

るないまの思いも

鳴く虫の声衰うる夜の道かく簡潔に季（とき）は移ろう

夜更け帰るつとめを持てば側溝を音たててゆく水の音する

四首目のように勤務形態によることではあろうが、それだけではなく、(三)で述べたようなことが最もよく感得できるのが一日のうちで言えば、それは「夕べ」から「夜」へと移っていく時間であるということなどだ。だから、「夕映えの色おとろうる」「昏れのこり華やぐ」と武川は歌うのである。そのことが独特の「夕べ」や「夜」の歌を多く生み出す最大の要因であったと考えられる。

以上、『秋照』の「いま」や「うつし身」、そして「夕べ」から「夜」への歌に即しつつ、武川短歌の基底に存在する「歌はいまへの収斂の詩である。」とする認識について考えてみた。

「近代主義批判」は一九五五年に発表された武川忠一の評論で、直接的には葛原妙子ら女流の作品への批判の形であったから、武川の論は歌壇から痛烈に批評されることとなる。昭和二十年代後半から三十年代にかけてという短歌史の軸と、「民衆詩としての短歌」を掲げる結社「まひる野」の若き論客としての位置が交差したところから生まれた論であり、こうした歴史的要件を視野に入れず「近代主義批判」について語ることはナンセンスであろう。

しかし、武川個人の本来的な資質という点から考えると、「消費的な自虐」とか「見せびらかしの深刻さと意識の水まし」というような批判の言葉は、「いま」と歌いつつそこに同時に「今ではない時間」を呼び出し、「うつし身のわれ」を歌いつつ彼方に「非在の者ら」の気配を感じ取るような構造においてこそ、短歌は大きな力を発揮するのであるとする、後に「歌はいまへの収斂の詩」という言葉に結実していくことになる、武川自身の本来的な認識に起因していたのであるとも考えられるのである。

引用作品は『秋照』（再版）による

参考文献
武川忠一『抒情の源泉』（雁書館・一九八七年）
武川忠一『霧鐘　現代歌人叢書』（短歌新聞社・昭五六年）
佐佐木幸綱「『深み』へのこだわり」（「音」一九九〇年一二月号）
内藤明「人間の声」（「短歌往来」二〇一二年九月号）
高嶋健一「いまへの収斂　の具体相」（「歌壇」一九九〇年八月号）
（「音」二〇一三年四月号）

くらさのなかへ
——『墨堤桜花』

「高橋由一の絵」に初めて向き合ったのは、二〇〇三年三月一五日、もう「春」と呼ぶべき季節だったのだろうが、雨の降り止まない寒い一日であった。

その時の、私のこころに、もっとも寄り添ってくるような感じがしたのが、この『墨堤桜花』である。「桜花」というタイトルが付けられていながら、繚乱とした桜花の景として描かれているのではなく、全体が何か寂しい感じを湛えている絵であることが、早春の、あの日の、私自身の気持ちに一番しっくりとしたのかもしれないと、今、振り返って考えてみると、そんな気がするのである。

「桜」は、長い歴史のなかで、日本人がひときわ好んで向き合ってきた花であり、様々に作品化されてもいる。そして、和歌・短歌史を眺め返すと、たちまち何首もの魅力的な歌が思い浮かんでくる。近代以降、「桜」が担わされた文化的・精神史的な面での役割についても、つとに言及されているが、『墨堤桜花』を前にして思い起こされた短歌は次の一首であった。

さくらばな陽に泡立つを目守りゐるこの冥き遊星に人と生まれて
（『みずかありなむ』山中智恵子）

さらには、カタカナ人名の入った、次のような歌が思い起こされてきたのも、不思議と言えば不思議である。

あはれしづかな東洋の春ガリレオの望遠鏡にはなびらながれ
（『ふしぎな楽器』永井陽子）

＊

『墨堤桜花』は、金刀比羅宮にある高橋由一の風景画のなかでも、代表作の一つであると言えるのだろう。解説や紹介の文章も比較的多く目にすることができる。

江戸時代から隅田川辺は文人墨客に好まれた。本図は隅田川讃歌として洋画の代表作。土手上の満開の桜並木、右手にのどかな田園風景。
（歌田眞介『高橋由一作品集』）

長命寺門前の隅田川堤の満開の桜に花見客を配し、枯草の中には緑が萌えそめている。軽い雲もある空は、初期の風景画にはない変化と春らしい雰囲気も漂っている。
（『明治洋画の巨人　高橋由一作品集』）

同時期の静物画の背景が薄塗りの右下がりのタッチで簡潔に表現されているのと比べ、空に向かう由一の眼は、宏遠な広がりとしてだけではなく、空を桜花とともに主要な主題としてとらえている。すなわち、桜と呼応するように朧（おぼろ）に描かれた白雲、さらには地平線に向かって淡くピンク色に染まっていく空は、遠景の畑の黄色や森の薄紫ともあいまって、微妙な色調の調和を生みだしている。空に舞う鳶（とび）、空中を舞いながら水面に浮く花びら近景の草むらの精緻な表現、演出効果満点に春の気配が奥行きのある空間から漂ってくる。

（坂本一道『新潮日本美術文庫23 高橋由一』）

伝統的な風興感覚による作画。隅田堤長命寺門前の満開の桜の下につどう円座する人たちの歌声までは聞こえてこないが、白っぽい青から地平線の方へ赤味を帯びてくる、軽い雲もある空は、初期の風景画にはない変化と春らしい雰囲気も漂っている。枯草とその中から萌え出る若草の賦彩法は由一独特のもの。

（青木茂『日本の名画2 高橋由一』）

由一の後期風景画はここに引いたフォンタネージの教訓をよく消化しているのであるが、A図（著者注：『墨堤桜花』金刀比羅宮所蔵）もその一つであり、B図（著者注：『墨堤桜花』「花下を散策する老若男女を配している」方の作品）と比べて、桜花や堤の枯草の中に萌出る淡黄緑色の若草の賦彩法、また前景から後景に至る調子の変化、白雲の浮ぶ花曇りの淡い青灰色の空に照応する風景の色調など、B図よりも後の作品であることは明らかであろう。

（匠秀夫『日本の近代美術と幕末』）

近景と遠景の描写方法には意図的な相違が認められる。地平線に近づくにしたがってなだらかに赤く変化する空の表現は、フォンタネージの影響によるものであろう。遠景の林は、夕空に溶け込むようにやや赤みを帯び、彩度、明度を抑えて遠景までの距離感、空気の存在感を与えている。近景の草むらは、筆勢のある即物的な由一本来の生写を見ることができる。

（田口慶太『没後１００年 高橋由一展』）

これらの書物はいずれも、高橋由一の作品について調べようとする時に手に入りやすいものであり、この『鑑賞 高橋由一――金刀比羅宮所蔵の風景画』をまとめるにあたっても多くの点で参考にさせてもらったものである。引用のスペースが多くなってしまうが、その紹介という意味合いも含めて挙げてみた。絵の具の塗り方というような純粋に技術的な点の記述については、私の理解の及ぶところではないので外して引用したのだが、こうして並べてみると、『墨堤桜花』の論じられ方の特徴というようなことが窺えてくる。

多くは、それぞれの要素が複合した形で論じられているのだが、フォンタネージの影響等を鑑みながら、由一の制作史の上での位置付けに視点を置いたもの、歌枕的なものも含めて「隅田川」という場所からの切り口、そして、もう少し一般的に、そこに描かれている「桜」や「春」を鑑賞の対象にしようとする立場。以上の三点が、解説や紹介の概ねの要素であることが分かる。

＊

実際に、『墨堤桜花』と向き合ってみよう。

近距離で眺めていると、視線はどうしても画面に向かって左の方に向けられてしまう。隅田川の堤の上に、今や満開の一本の桜の木があり、その下では数人の男女が花見の宴を開いているようである。桜の花びらは厚く絵の具を置いて表現されており、それが、画面のなかを散っていき、うっとりと晴れやかな春の景色が広がっている。

この絵についても、少し距離をとってみよう。左手の人物がかろうじて見えるあたりまでさがってくると、『墨堤桜花』はさらに大きな絵になってくる。大きいと言っても、上下・左右に大きくなるというのではなく、奥行きが出てくるのである。何者かに、絵の向こう側から引っ張られているように、掘割が絵の奥の方に向かって広がっていき、近くで見ていた時よりも、ずっと広い水面になっている。そして、桜はひたすら、その黒い暗さのなかへと散っているような感じがする。距離を取ったことによって、暗さの上に置かれた花びらのみがくっきりと際立ってくるからである。さらに、掘割の奥に立っている二本の樹の間にも奥行きが生まれ、風景画全体としても奥の方へと広がっていく。

近づいて鑑賞しているときにはあまり目がいかなかった画面右側の方へと、私達の視線が誘われていくようである。そして、画面の左から右へと、土手のスロープが、「桜」を「掘割」へと、なだらかに長く繋いでいることがよく感じ取れる。

「墨田堤の雪」の章で述べたことと重複してしまうが、描かれた「由一の絵」に、よく指摘されるように、遠近感が感じられないのではない。「由一の遠近法」は、ルネサンス以来の西欧のいわゆる「遠近法」とは別のやりかたで生み出されるものであるということなのだ。「由一の絵」における遠近感は、あらかじめ奥行きとして描かれているものではなく、その絵に向き合う鑑賞者の視線によって、その度に生み出されてくる遠近感覚なのである。だから、「由一の絵」は、展示されているからと言って、例えば標本や剝製のように一つの形態としてもはや固定されている、いわば死んでいるものではなく、みる者の視線との関係性において、その都度その都度、その瞬間を生きてくるもの、つまり蘇ってくるものなのである。『墨堤桜花』はそのことを、鑑賞者によく感じ取らせてくれる作品である。

これも、以前書いたこと(『洲崎』)を繰り返すことになるのだが、由一の風景画における人物は、独特の描かれ方をしている場合が多い。この『墨堤桜花』の人々もそうである。「車座」や「円座」という言葉を使って紹介されている場合もあるのだが、これらの人々が円く寄り合って坐っている感じがあまりしないのである。向かい合って談笑しているというより、人物相互に交流や交感がなく、ただ、たまたまそこに集まっている人々というような雰囲気である。例えば、劇場で偶然に隣り合って演劇を鑑賞している人達というような感じなのである。確かに、一番手前の手ぬぐいを被った人物はこちらに背を向けているが、他のほとんどの人物はこちらに顔を向けて、絵に向き合う私を、画面のなかから、ちょうど見つめ返しているような感じに描かれている。

*

桜は、春のほんの短い一時期を花開き、その間その樹は、開花前の姿からは一変した、この世ならぬ美しさをまとうこととなる。しかし、その美しさは、ほどなく消滅してゆく美しさなのである。それ故に、私達はそこに、時のうつろいやすさをまざまざと見せられるような気がするのであろう。それは桜だけではない。どの花も、花開いて、やがて散っていくものであるが、桜は、極めて劇的に凝縮された形で、一連のプロセスをたどっていく花なので、その間、それに向き合う私達は、ただただ見つめている以外にはなすすべはないのである。

　桜に向き合う時、私達は、見る存在、見るしかない存在、めぐりには多くの事物が存在し、多くの出来事があるけれど、ほとんどの場合、見るという行為によってしか他と繫がっていけない存在である自分のことを、改めて意識することになるような気がする。

『墨堤桜花』の前に立った時、私はたぶん、そのようなことを、直感的に感じたのであろうと思う。画面の人物は、そうした感を抱かせるべく配されているのであろう。だから、「冥き遊星に人と生まれて」、ひたすら「目守りゐる」と歌う山中の一首や、「望遠鏡」を見つめ続けて、「望遠鏡」のなかがむしろ彼にとっては現実であったかのような「見る人ガリレオ」の永井の歌が思い浮かんできたのではないだろうかと思う。

『現代短歌辞典』（三省堂書店）の「桜」の項で馬場あき子は、この永井の一首を含む現代歌人の作品を挙げて、次のように書いている。

　満開の桜の圧倒的な明るさが、かえって現代の終末感や、虚無感、死への思念を誘うとすれば桜はやはり時代の気分を反映しやすい花なのであろう

『墨堤桜花』は明治一〇年の作品であるが、近・現

代が百年の後にやがてたどり着く、こうした、満開の桜の後側にある「冥さ」を、先取りした予感のように描いていると言えるのではないだろうか。『墨堤桜花』は、寂しさと冥さを、無音の静かな画面のなかに湛えている。

（『鑑賞　高橋由一――金刀比羅宮所蔵の風景画』所収、平成十九年四月刊　沖積舎）

空から何かが
――終刊の年の「明星」の短歌作品

明治四十一年が「明星」終刊の年である。この年には、「明星」は十冊発刊されており、第一号の巻頭は、森林太郎（鷗外）の翻訳「アンドレアス、タアマイエルが遺書」であり、終刊号も同じく森林太郎口訳の「わかれ」である。その他の号も前述のように翻訳や評論が多く、短歌が巻頭に置かれているのは、七号（石川啄木）、八号（平野萬里）、九号（吉井勇）の三冊である。しかし、それぞれは、石川啄木の「石破集」百十四首、吉井勇の「憊邪集」二百五十一首と大変な歌数である。八月号は巻頭が「新詩社詠草」であり、「其一」として冒頭に平野萬里の作品九十九首が置かれ、続いて、与謝野晶子、茅野蕭々、石川啄木、平出修、間島琴山、松原正光、並木翡翠、吉野白村、長島豊太郎、渡邊紫、藤條静暁と並び、

「其拾参」は北川英美子の作品十八首である。九号も、巻頭の吉井勇に続いて、石川啄木百二首、与謝野晶子百六十五首、平野萬里百八十五首が掲載されており、終刊に当たって、「明星」の集大成という役割を「短歌」が担っていることが伝わってくる。

これらの作品は、前述の石川啄木のように、それぞれの代表歌になっているものを多く、これだけまとまった形で掲載の場が開かれたことは、個々の歌人にとってその意味は大きかったはずである。ただ、ここでは、集団としての「明星」という観点から、気付いたことを書いてみたい。

＊

石川啄木「石破集」に次のような歌がある。

その時に見ゆることなき大いなる手ありて我に力添へにき
百萬の雲を一度に圧しつぶす大いなる足頭上に来る
誰そ雲の上より高く名をよびてわが酣睡を破らむとする
茫然として見送りぬ天上をゆく一列の白き裳のかげ
わがかぶる帽子のひさし大空を掩ひて重し声あげて泣く

ここには、上から（多く、それは「空」であるが）「大いなるもの」が自分の方へやってくるという感覚が詠われている。

近代歌人の作品を読んでいると、「空」というものの捉え方が、現在の私たちが一般的に抱いているような感覚とは異なっていることに気づく。果てしない空間をあてどなく、いささか感傷的に見上げるというのではなく、ある場合には「力添へ」たり、またある場合には「圧しつぶ」したりするようなある存在が、そこからやってくるところのものとして「空」がとらえられていることがわかる。そして、「空」からやってくる何かある存在が「大いなる手」

や「大いなる足」、さらには「白き裳のかげ」に喩えられているのである。

九号の吉井勇「憊邪集」には、

ひた泣きぬ日輪われをにらむゆゑ大空われをおびやかすゆゑ

の一首がある。さらに、後に勇は、同じように、上から現れるモノ（現象や感覚）を意識した、次のような作品を作っている。

白き手がつと現はれて蠟燭の心(しん)を切るこそ艶(なま)めかしけれ

勇の歌集『酒ほがひ』に収められた「祇園冊子」の中の一首で、作品世界は大きく異なるが、同じ構図がうかがわれる。これについては、本林勝夫が次のように鑑賞を広げている。

同じ構図をとった作として白秋の『雲母集(きらら)』（大正四）に「大きなる手があらはれて昼探し上から卵をつかみけるかも」という一首がある。それぞれの狙いは違うが、後者には勇の歌が働いているかも知れない。

『近代歌人　短歌シリーズ・人と作品』

確かにそういうことを思わせる構図である。そしてまた、同様の構図は、前掲の啄木の一首にも見られるものであるから、これは、この時期に「明星」に集った歌人たちの感性が切り取り形作った、ある種共通の感覚だと言ってもいいのではないだろうか。四号の山川登美子の「雪の日」一連中にも、「空を掩ひ来る」ものが詠われていた。

胸たたき死ねと苛(さいな)む嘴ぶとの鉛の鳥ぞ空掩ひ来る

前述したように、「雪の日」は、父への挽歌、歌友玉野花子への挽歌、そしてやがてくるはずの自身の死を見つめた絶唱とも言うべき一連であるが、ここでも、「死ねと苛(さいな)む嘴ぶとの鉛の鳥」は「空を掩ひ」てやって来るのである。

　八号の「新詩社詠草」にも、似通った構図の作品が見られる。

大空をあゆむしめれる暗き音うたたねすれば常に聞ゆる　間島琴山

まぼろしに黒き大なる一つの手ひらきてわれをとらむとぞする　北川英美子

　間島琴山には、他にも「空」を素材とした印象的な作品が多い。

大空の袋の口を大海の真上に据ゑて風をはなてる　（九号）

大空のもとに安寝すいま紅き一点の旗振るは誰が子ぞ　（終刊号）

一ひらの陰影もなき青いろの大空のもと物を忘れむ

青き空ひひらと寒くあざ笑ふかく思ふ時秋風きたる

「明星」は「自我の詩を発揮」することを掲げて集った集団であり、そのためには、技法やモチーフだけではなく、感覚や認識まで含めて「発明」が求められていたのであろう。「明星」を読んでいると、「自我の詩」を発明しようとした会員の強い意志とともに、そこに人々が集ったことによって生まれた、集団のエネルギーというようなものが伝わってくる。

　そして、そうやって「明星」に集った人々が集団のエネルギーのなかで形成していったものは、決してその時代だけの感覚や認識、構図ではないということも感じるのである。

食　事　　高階杞一

猫が食事をしている

と、知らずに強く扉を開けた
猫は驚いて
ひどく怯(おび)えた目でぼくを見る
そのときぼくは
初めて
猫の目が人間よりずっと下の方にあるのを知った
人間よりずっと下の方から猫は
この世を見つめているんだと知った

わたしたちが食事をしていると
晴れた空のどこかで
突然　扉が開く
わたしたちは怯えた目を上げて
空を見る

何もない空の
真上から
箸(はし)が
ゆっくりと下りてくる

『春(ハ)ing(リング)』という詩集に収められた、戦後生まれの詩人の詩である。この詩を読んだとき私は、先程挙げた、啄木や勇たちの短歌に通ずるものを感じ、懐かしいような気がしたものである。「明星」の人々が切り開いた感性や構図は、近・現代詩歌のなかを流れ続けているようである。

（『詩歌の淵源「明星」の時代』所収、二〇一七年三月刊　ながらみ書房）

『心の遠景』の「旅の歌」
――斎藤茂吉「塩原行」との比較を通して

晶子ほど若いときの作が栄光のなかにおかれ、それに対して中期以後の作について論じられることの少ない歌人は珍しい。

武川忠一（「短歌」昭和五十九年二月号）

「特集・与謝野晶子」の「晶子の達成」という文章で、かつて、武川忠一はそう語った。そして、次のように続ける。

その理由はいくつもあるに違いない。『みだれ髪』の光芒は、いうまでもなく、明治三十年代という、近代の青春ともいうべき時点の、というよりも近代詩歌の黎明期に、ほとんど体あたりのように、自己を燃焼させて歌い、しかも、その自己燃焼に酔うことさえもできたという意味を含めて、まさしく不滅のものに違いない。その自己解放の強烈な衝迫力、恋を全身的な肉体化した世界、その華麗な奔放な感覚の西欧的なものとともにある王朝的空想への耽美的な世界、それは確かに近代への扉を開け、一つの時代を創ったといえよう。そうして、実は、それらの作の背後に、意外なほどの晶子の痛みが秘められていることなどは改めて問題にされねばならないだろう。

実際、与謝野晶子について論じられる際には、初期の作品や活動がまず中心に据えられることが多い。私の接している高校生たちも、「与謝野晶子」と言えば『みだれ髪』と答え、あるいはむしろ、「君死にたまふこと勿かれ」の詩の作者として記憶に刻まれているような印象である。

何故、「中期以後の作品が論じられること」が少なかったのか、というような問を心に置きつつ、最晩年の歌集『心の遠景』を考えてみたいと思う。

一

『心の遠景』は昭和三年六月に刊行された第二十一歌集で、生前の独立した単独歌集としては与謝野晶子最後の歌集である。よく知られているように、第十八歌集『草の夢』あたりから、晶子の歌にはいわゆる「旅の歌」が多くなっていく。最終歌集『心の遠景』も、題詞を持たない歌がずっと並び、読み進めていくと、歌の下に活字を小さくして「以下……にて」とあるので、それによって「……」での歌だということが読み手に分かるということになる。そして、何首か（多くの場合は何十首か）続いた後に「以上」とあって、そこで連作が終わったことがわかるという構成の歌集である。この構成で一四九四首が並んでいるので、読み通すにはなかなかの辛抱が要求されているように感じる。『定本与謝野晶子全集』での『心の遠景』の解説に、木俣修も「この歌集も前集と同じように表題を持たない旅行の歌がずらりと並んで読むのにひどく難渋を感ずるのである。」と記しているが、こうした構成で並んでいる「旅の歌」を読み通すには「難渋を感ずる」ことが、中期以後の作品が論じられることの少なくなってしまった要因の一つなのかもしれない。

しかし、いくら読み通すのに難渋し、その結果として論じられることが少ないとしても、晶子の後期の歌集の中心をなしているのが「旅の歌」であることは厳然たる事実である。実際、『草の夢』以降の歌集を読んでいると、「旅の歌」の多さに尋常でないような感じまで抱くのである。歌集を読んだ印象として、「内心の強迫観念にかられるように、旅に明け旅に暮れる」後半生を送ったオーストリア帝国皇妃エリザベートの姿が思い浮かんできたりする。無論晶子は、家にも帰らず「旅に明け、旅に暮れ」ていたわけではない。物理的に言えば、一か月のうちで旅先にあった日数よりは、在宅の日数の方が多かったのではないだろうか。それでも、残された短歌作品としては、圧倒的に「旅の歌」が多いのである。概算的に言えば、『心の遠景』のうちの九〇〇首近く、つまり収録作品のおおよそ六割は「旅の歌」ということになる。中・後期になるにつれて、作歌にあたっての対象がこれほど「旅」に絞られていったのは何故であろうか。多くの「旅の歌」に、晶子は自身のこころのどのような思いを込めようとしたのだろうか。読み手に差し出された、そして、いまだに判然とは説き明かされていない大きな「謎」である。

二

旅の行き先は、赤倉温泉、関温泉、新潟、佐渡、京都、日光、箱根、津軽と日本の各地にわたっており、箱根のように複数回詠まれている場所もある。そして、集の中程には、（以下那須温泉にて）の六十四首があるのだが、「那須温泉」といえば、斎藤茂吉『赤光』にも「塩原行」と題された一連があったことが思い起こされる。「那須温泉」「塩原」と距離的にも非常に近い場所が詠まれているのである。だからと言って、それだけで、ふたりの作品を比較して考えることの乱暴さは充分わかっているつもりである。茂吉が塩原温泉に遊び「塩原行」五十首を作ったのは明治四十一年であり、『赤光』に纏められたのは日露戦争に勝利し、大正デモクラシーの昂揚していく大正二年である。対して晶子の『心の遠景』の刊行は昭和三年であり那須温泉への旅はその前年であるから、こちらは、世界恐慌の波が押し寄せ世相は不安定となり、その後の十五年戦争への道を歩み始める時期である。さらに、何よりも、それを詠んだ時点の二人の年齢の差が大きい。二十代半ばから三十代にかけての青年期の茂吉に対して、晶子は五十代になっている。同じ景物を眼にしても、当然思いは違ってもこよう。

しかし、それでも、同じ場所で詠まれた晶子と茂吉の作品があるのならば、読み手はやはり読み比べてみたくなってしまうのである。さらに言えば、そういう比較読みに誘っていく要素を、それぞれの作品が持っているような気がするのである。

晴れ透るあめ路の果てに赤城嶺の秋の色はも
更け渡りけり　『赤光』
小筑波を朝を見しかば白雲の凝れるかかむり
動くともせず
那須の奥山ふところの家家が積み重ねたる秋
のともし灯　『心の遠景』
今朝過ぎし那須野に雲の厚くして秋の夕とな
りし山かな

巻頭の二首をそれぞれ引いてみた。

どちらも「山」が描かれているが、茂吉の「山」は「赤城嶺」「小筑波」と固有名詞をまとった具体的な山の、「晴れ透る」姿として描き出されている。一方晶子は、そういう具体的な「山」の姿を描くのとは別の方法で「山」を詠っている。「那須の奥」にある「雲の厚く」かかって見えがたくなったような「夕」の情景として詠まれていくのである。そこにあるはずの景を、「見えがたい」ととらえる点において描こうとしている。それぞれのスタンスの違いがすでに明らかになっている、巻頭二首である。優れた作品に対するとき、それはすでに完成された大きな姿として読み手の前に差し出されているので、読み手は、その全き珠のような姿を味わう以外にアプローチの方法がないものだが、その傍らに、何か別の種類の優れたものが置かれると、それと比較することによって、かえって、そのものの特徴がはっきり理解できるということがあるものである。比較しながら鑑賞することによって、茂吉の「塩原行」と晶子の「(以下那須温泉にて)」は、それぞれ相手の優れている要素をはっきり特徴付け、その照り返しによってみずからの作品の特徴を際立たせてくるのである。

三

関屋いでて坂路になればちらりほらり染めた
る木々が見えきたるかも　『赤光』
山深くひた入り見むと露じもに染みし紅葉を

踏みつつぞ行く
楼に見る雲の動かず渓なるは人よりも疾く走り行くかな
『心の遠景』
草に寝るまぶたの上にありつるが飛びぬと見れば黒き羽の蝶
雲迷ふ那須野を下に見る山の朝の日かげの美しきかな

先程挙げた冒頭の二首目にも「朝を見しかば」とあるように、茂吉の「塩原行」には「見る」という動詞が多く使われている。後に「写生の説」を提唱するアララギ門下の茂吉であるから当然のことかもしれないが、その他の自然や風物を興味津々の様子で眺めている作者の姿が伝わってくる。ところが、晶子の「(以下那須温泉にて)」には動詞「見る」はほとんど登場してこない。数的に四首と少ない上に、その使われ方がかなり独特で不思議な感じなのである。「草に寝る」の一首は「まぶたの上」に「ありつる」何かを感じていたのだが、それが飛んでしまったようなので目を開いて「見れば」、それは「黒き羽の蝶」であったという内容で、「見る」と言っても、視覚によってものをリアルに見ようとする感覚ではない。それは、「草」と「黒き羽の蝶」とそしてみずからとが、「まぶた」を依代として融け合っていくような感覚である。『与謝野晶子の秀歌』で馬場あき子は、与謝野晶子の「旅の歌」について、「いわば、これらの歌はどれもみな、旅の歌であり、景のうたでありながら、より心情表現を心にかけた境涯的詠嘆であり、心を訴えた歌であるといえる。」と指摘していた。その要素を作品の上に具体的に見てゆくならば、それらを生み出すものの例の一つとして、このような感覚を挙げることができるだろう。

融け合っていく感覚と言えば、三首目「雲迷ふ」の作品にも、また別の面からそれが感じとれるのである。実景をそのまま作品化したような一首で情景も目に浮かぶようであるのだが、繰り返し読んでいると、こちらもなかなか不思議な味わいを醸し出してくるのである。「見る」行為が向かう対象となっている「那須野」は、この作品でも何やら見えがたい「雲迷ふ」情景である。そして、それを見ているのは誰かと問われれば、そのとき私は、それは無論表現の上では登場はしていない「われ」と答えるのであるが、そう答えるときのほんの一瞬、かすかな躊躇いが自分のなかに生れているような気がするのである。まるで、「山」が「那須野」を「下に見」ているような感じが一瞬漂うのである。

その感覚を少し分析的に考えてみると、それは次のようなことが影響しているのかもしれない。『心の遠景』のなかには、擬人化して「山」を詠っている作品が他にもある。

水内(みなうち)の連山浮きて前山(まへやま)のいまだ眠れる朝ぼらけかな (以下再び赤倉温泉に遊びて)

この一首では、「いまだ眠る」の主語は「前山(まへやま)」である。このように、晶子の「旅の歌」には、「山」をまるで人間であるかのように描いていく要素があるのである。若い時期にも、「小川われ村のはづれの柳かげに消えぬ姿を泣く子朝見し」(『みだれ髪』)のような作品があった。しかし、この『みだれ髪』の一首は、「小川」を「われ」と見立てるという図式化を鮮明にすることから詠い出されてゆくが、「旅の歌」における「擬人化」は、二つの要素が一首の調べのなかで均され、いつの間にか融け合っていくような感じなのである。これは、年齢を重ねて、晶子が描いた「旅の歌」の特徴と言えるだろう。

いずれにしても、「雲迷ふ」の作品が読み手に伝えてくるのは、見ている「われ」と「山」と、そして「雲」が重なっていくような不思議な感覚である。

四

茂吉の「塩原行」と晶子の「(以下那須温泉にて)」は「旅の歌」であり、前述のように「見る」という視覚表現がそれぞれの特徴をよく表している。しかし、作品世界を形成していくのは視覚表現ばかりではない。聴覚による表現も、視覚表現とはまた異なる現れ方で、茂吉と晶子、それぞれの世界の特徴を表しているようである。
　まず、茂吉の「塩原行」からは「馬車」の音が聞こえてくる。

馬車とどろ角を吹き吹き塩はらのもみづる山に分け入りにけり
とうとうと喇叭を吹けば塩はらの深染の山に馬車入りにけり
あかときを目ざめて居ればくだの音の近くに止みぬ馬車着けるらし

　温泉郷に時折響いてくる「馬車」の「喇叭」の音である。「馬車」は、自然のなかに人々を運び入れてくる輸送手段である。ただ、この「塩原行」の場合、これらの「馬車」の音は、その聴覚的表現だけで終わってはいないところがさらに特徴的な要素であると感じる。「塩原行」には、

親馬にあまえつつ来る仔馬にし心動きて過ぎがてにせり

の一首があり、「馬車」は単なる輸送手段、交通手段としてのそれだけでなく、読み手がそこに「馬」のイメージを確かに感受できるような構成になっているのである。茂吉は東京帝国大学医学科出身の近代日本の知識階級に属する人間であったが、同時に、少なくとも「斎藤茂吉」という歌人としては、自身の故郷である東北の農村のイメージを作品に投影させ続けた歌人であった。「塩原行」にふと顔をのぞかせる、この「馬車」の「馬」のイメージにも、その一端をみるような気がする。
　対して言えば、晶子の「(以下那須温泉にて)」から響いてくるのは、次のような「音」である。

家高し雲の下をば座頭笛ゆききするなり那須の湯の秋
『心の遠景』

入りてこし夕の雲の中になほ三味線を弾く隣室の人

瞽女（ごぜ）の吹く笛に這ふなり湯煙が道の中より白く上りて

こうした、「三味線」や「笛」の音は、例えば、晶子の若き日の次の一首を思い起こさせる。

大寺の石の御廊にひざまづく瞽女（ごぜ）のやうにも指組む夕　『佐保姫』

『佐保姫』は、「明星」終刊の翌年、明治四十二年五月刊行の第六歌集であり、その時晶子は三十一歳であった。王朝風の古典的情緒とはまた別の一面として、初期の頃からずっと晶子の歌に登場していた、旧く侘しい女のイメージである。そして、このイメージは、晩年の圧倒的な数の「旅の歌」のなかにも、姿を変えつつも引き継がれていることを思うのである。

こうしてみてくると、茂吉、晶子ともに、「見る」ことが開いていった作品世界とともに、「聴こえる」ものによって伝えられてくる世界が確かにあることに気付かせられるのである。それは、表現として表立っているものではないのかもしれないが、作品世界に奥行きを生み出し、作歌の流れにおける通奏低音として、それぞれの歌人の世界を形づくっていく要件となっているのである。

ただ、両者をさらに比較していくと、その違いにも気付かせられるのである。晶子の「(以下那須温泉にて)」に響く「三味線」や「座頭笛」の「音」は、茂吉の「塩原行」の「馬車の音」のように、くっきりと澄み切った音色で響いてくる「音」ではなく、「三味線」は「夕の雲の中」に聞こえ、「湯煙」のなかを「這ふ」ようにしつつ、「雲」や「湯煙」と紛れ合うようにして耳まで届いてくる「音」なのである。先にみた視覚の場合と同じように、聴覚がとらえる「音」もそれのみとしてくっきりしたイメージを結ぶことはなく、何かに紛れつつ何かに融け合いつつ、判然とはしていないその在り様にこそ、むしろ一番のポイントがあるかのように奏でられているのである。

「自我の詩」を求めて出発した「明星」であった。その「明星」の申し子のような与謝野晶子が、自身の晩年において、世界に対して自己を突出させるのではなく、景のなかに自己の心情を融け込ませようとする境地で作品を多く残していることについて、そこに重ねられたであろうひとりの歌人としての晶子の時間の重さを感じ、同時にまた、明治、大正、昭和と流れた近代短歌の時間も思わせられるのである。

（『詩歌の淵源 「明星」の時代』所収、
二〇一七年三月刊 ながらみ書房）

春ぞ経にける

はかなくて過ぎにし方を数ふれば花にものおもふ春ぞ経にける

式子内親王『新古今和歌集』

百首歌の歌であり、新古今和歌集にも採られている、式子内親王の代表歌のうちの一首でもある。歌意は、「これといったこともなく過ぎてしまった過去のことをあれやこれやと数えあげてみると、桜の花によってものおもいをする多くの春が過ぎてしまったことだ」というようなことであろう。

眼前の情景や景物から、過ぎ去った春のことを思い出すという構造は和歌の伝統のなかによく見られるスタイルであるが、式子の歌が描き出すのは、それらの伝統の構造とは、また一味違った味わいである。彼女の歌が伝えてくるのは、惜しむべき懐かしい「昔」ではないし、はなやかな「昔」とわびしい「今」との対比というようなことでもなく、自己の外側を茫々として流れ続ける「時間」の手触りのようなものである。そして、その「時間」をひたすら眺めるという行為によって、その流れのなかに当然溶解していくべき自己の存在を受け入れようとする覚悟のようなものなのである。

そして、この歌が比較的若いときに詠まれたことを考えると、先取りした人生の感慨のような世界が一層哀切に広がっていく。

物理的に言うなら、歳月は「春夏秋冬」すべての季節の上に過ぎていくものであるが、私たち日本人にとって、それを最も深く感取するのが「春」という季節ではなかろうか。私自身がずっと学校に勤めてきたので、余計そう感じるのかもしれない。濃密にかかわった生徒も春になると巣立っていき、一ヶ月あまり後には新しい生徒が入学してくる。今年も、やがて春がくる。「はかなくて……」とこころに呟きながら、また私は、桜を眺めることであろう。

（「短歌」二〇一六年四月号）

解説

存在感への志向
——糸川雅子『水螢』をめぐって

武川忠一

この数年、若い女性たちの集が続いている。世代的には河野裕子に続く人たちの集である。松平盟子『帆を張る父のやうに』、道浦母都子『無援の抒情』、糸川雅子『水螢』、今野寿美『花絆』、阿木津英、井辻朱美など、多彩といえよう。糸川雅子『水螢』も、多くの人々からの批評があり、反響があった。しかし、身近な人からは、ほとんど発言がされないままに今日になってしまった。小文で感想を述べる所以である。

『水螢』は逆年順の編集で、最後の章は、初期の大学生のときのものである。

暗緑のリボンはとかれわが肩のまわりしずかな林となる肩

君に問えどその名知らざる惑星を小窓に置きてわが誕生日

風吹けど揺るることなき立像の塑像の髪は肩まで垂るる

いかにも若い人の歌だ。ナイーブな情感がふくらむ。ここには、鋭角的なきり込みや、痛烈な自己剔抉の方向はない。あるいはそれをむきだしにはしない。むしろ対象と自己との間に、どこか、たっぷりとしたものが揺曳する。ある種の容量の大きさのようなものがある。勿論、これらの作には、核になるものはまだ明確ではないともいえよう。しかし、歌い方のやわらかさと容量の大きさを感じさせる世界は、一つの特色であり、出発のときにはやくも見せていたといってよい。

もう一ついえば、「みずからの腕を傷つけ血を見たしわが存在の不安な夜は」という一首が、この期の作にある。この作は成功作とはいえないが、集の特色をかなりはっきり予測させる。とにかく作者は、

「腕」とか「血」によって、自分の「存在」を確かめたいのだ。さきにあげた作には、「髪」という語が二首に用いられているが、体で確かめるというような、あるいは肉体そのものの「存在」の不安が、ここではかなり生まな形で歌われている。これが、おそらく出発期にもっているもう一つの面であったろう。以後は、それらがどうなっていくか。

第二章にあたる「歩む影」、学校を卒業して郷里の四国に帰ってからの作を見よう。

水面に一本の杭は昏れてゆく水にぬれつつ見えざる部分

耳もたぬくらき輪郭わが影の髪のあたりをひとは踏みゆく

指ぬれて洗えば洗い返さるる水のごときを血縁と知る

どれも不思議な歌だ。この章では水と影が多くなる。その「水」とはどれも実体のあるようで、とらえにくい何かとして作品に出現する。第一首目は、そういう水にかくれている「一本の杭」である。ある種の不可知な、とらえがたい、しかし確かに存在する不安が揺れている作といってよい。第二首目は、その人が踏んでいくのは、わが実体ではない。影に過ぎない。別に耳を持ち髪をもつ自己の実体はいる。実体のない影だけの人とのかかわりそのものが、いまの存在感だといってもよい。三首目は、「指」という自己の肉体、生きている実体が、いわば、つかまえどころのない、得体の知れない「水」によって、洗いだされる。洗いだされたのが、とらえどころのない「水」のような「血縁」であるともいえる。

事実としては、学生生活を終え、「血縁」のいる四国に、海を渡って帰郷せざるを得なかったことは、作者にとってはかなり大きかった。帰郷してからは得体の知れない世界の中で、いよいよ得体の知れないままの「量」を意識しはじめるようだ。

指の輪をしだいにせばめてのぞくときふるさ

とわれの何の標的

わが先を歩める影はいちはやく河にいたりて
　われを待ちいる

など、標的への焦点を決められないもどかしさ、しかし決めようとする世界、結局は何のゆえの標点かさえが決まらないという第一首。第二首も、自分よりもさきをゆくのは「影」である。これらの作の背後には、何か不分明な作者の中のゆれを見ることができよう。それが、たとえば、「ひとは人へのわが問の量（かさ）　樹の間谺（あわい）はとおくわが耳に還る」などの、いくらか意味の上ではわかりにくいところのある作にもなる。「ひとはひとへの」とはどう理解してよいのだろうか。「ひとは人」と思いながら、なお、その人に問わねばいられない。その問いの量が重なったというのだろうか。いずれにしても、一つの量感として「問」を感じているのは、特徴的であろう。「問」はふくらむ。量となる。その量そのものが、自分に還ってくるだけだ。それが作者の存在であるかのように。

集の中で、もっとも新しい「ユダの掌」の章に移る。

水螢いれたる籠をさげゆけばうすき血縁の誰にゆきあう

月が沈む日が沈む海　爪立てど爪立てどわれに海は見えざり

滅びゆくもの持たざるは罠のごとし一本の河流れゆく村

胸までを水につかりてゆらゆらと誰も不可思議に半身もてり

水面に映ればどこよりほの白くわが足裏のひとに見らるる

多く「水」「河」「海」などの語を持つものをあげた。たとえば、これらの中で、「胸までを水に……」の作は、さきにあげた「水面に一本の……」と重なりながら、それが直接に対象が、自己の肉体をとおしての存在の不可思議に及び、それだけ、「ゆらゆらと」という不安なゆれの陰影を濃くするといえる。もはや見えない「海」が意識されるとき、作者は、「罠」をとりはらった存在のおくにある、ものの「滅び」をさえ見抜くようなところに立っているようだ。見えないものは、得体のしれない「水」に映って、実は人にさらしている。そうして作者もまた小さな水螢のひかりでしかないかのようでさえある。これらの作には、得体の知れない、不可思議な生のという「存在」がゆれている。しかも意外に、ねばるような体温がゆれるのは、

　ユダの掌の襞（ひだ）のひとつに生命線ありて銀貨を
　彼は数えし
　ささえきれぬ桜の量を抱きいん目覚めてうす
　く汗にじむ額
　炎天に星ひとつおきてのけぞればわが相聞の
　永遠（とわ）の姿勢よ

のような、「量」の深さと、抽象的な表現の中に、「ユダ」のようなたくらみさえも、自他の内部に見つめる、ある種の線の太さをも加えているからであろう。なまなかのところでは割りきれない、存在感への志向を示す集である。

（「音」一九八二年十二月号）

人間の時間

――『組曲』評

内藤　明

『組曲』を読んでいくと、しばしばなんとも楽しい歌に出逢ってうれしくなる。

卓上に蜜柑がひとつつくねんと膝くみており
明日よりは極月

「蛇」の字を〈にじ〉と読み〈ちょう〉と読
み直し少女はなかなかへびに出遭わず

頸筋にひょいとまとえば夕光は銀のかもめの
ように輝く

例えば一首目、つくねんと膝くむ蜜柑とはよくいったものだ。ただ一つ置かれている蜜柑の居ずまいがうかがわれ、冬へ向かうその周囲の雰囲気が伝わってくる。二首目、親子の場面だろうか、〈蛇〉の周りを行き来しながら、そこにたどり着かないもどかしさが楽しまれている。三首目、「ひょいと」という感じと下句の比喩が、生き生きと身体と光とを感じさせる。現実の体験がもとになっているかどうかは知らないが、それぞれ日常あり得そうな光景や場面を、ある発見として歌の言葉がくきやかに立ち上げる。そしてそこにはさまざまな色彩があり、生きて呼吸をしている作者がいる。歌を読む喜びをこの歌集の随所から感じるのである。

　それと同時に、この一冊の中には深く思索をめぐらし、ある抽象と構造にむけて歌を構築していこうとする作者がいる。

偽物（レプリカ）の塑像は窓辺に置かれいて茶房のそとを
ながれゆく時間（とき）

戦後史の路地裏に梅雨の雨降りてとりどりの
傘さしたる見ゆる

冥王星くらき球体を一滴の涙がはるかにささ
うる五月

起伏かすかな砂場に言葉を起こしゆく言葉の
影は人間(ひと)よりながし

一首目では、内部と外部を流れていく時間を見ている主体が重層的に存在し、二首目では歴史の表街道ではないところに開くさまざまなものに向けるまなざしが見られる。また三首目では見えざる遙かなるものの重量が感じ取られ、四首目では言葉と人間とその実存が問われていよう。それぞれ作者の瞑想する時間を思わせるが、その歌が観念の袋小路に陥らないのは、景への投射や身体の感覚を通して、思索や思想が具象化されていくからだろう。その背後に、一人の生活者として現実や女性であることを見据える、作者の確かな存在感がうかがえる。それが核となって、この歌集に厚みと重みを加えている。

　そして、こういった言葉や感覚の豊かさや、抽象や思索の中に、たっぷりと伸びやかな抒情と、ある軽みを帯びた歌が見られる。

風葬の島に菜の花咲き満ちて瀬戸の内海ゆら
ゆらと春

結論をわれは急がず山田(やまんだ)の畦をめぐりて子と
帰りゆく

ここまでは遠うございましたと呟きて囲炉裏
の薪を燃やしてみたし

それぞれ、自然の中で人間に蓄積されていく時間をゆっくり楽しんでいる趣があり、表現がそれを支えている。ここには現代を領している機械的な時間に対して、自然と人間にのっとった時間がある。言葉は十全に他者に伝わらないかもしれない。しかし歌うことで開かれてくる世界が確かに存在する。それを実感させてくれる第三歌集である。

（「音」二〇〇一年六月号）

幾千の夜を砂漠に眠る

俵　谷　晴　子

水螢いれたる籠をさげゆけばうすき血縁の誰にゆきあう　　『水螢』

夕焼けの野を翔びたちてゆきし鳥重き血もまたゆらぎつつとぶ

はじめの歌は、『水螢』の巻頭の一首。『日本国語大辞典』を引くと、水螢とは螢の幼虫と出ている。しかしおそらくは、成虫の普通の螢を糸川雅子は自分の好きな水という言葉を頭につけてそう呼びたかったのであろう」――『水螢』の巻末の解説の中で伊藤一彦はそのように書く。『処女歌集の風景』（ながらみ書房刊）の糸川雅子の項で三枝昂之は、『水螢』の作品群について「――内省的な感覚がまず詩的に美しい、なぜか歌の美しさより詩の美しさを感じさせる作品質だ」と評する。糸川の作品を読んでいるときに、しばしば感じる内面の感覚を言葉に置き換えてある歌の詩的な部分に感動するので、三枝の言葉は納得できるものだ。

『水螢』、『天の深緑』、『組曲』、『タワナアンナ』、と糸川には既刊の四冊の歌集がある。またその間に、評論集『定型の回廊』とエッセー『スイート』が上梓されている。

眠りいる子はかたわらに置かれいてしたたるごとし天の深緑

しろき石　子はポケットに秘めており幾転生ののちのしずけさ

空さむく春めぐりきてははそはのははそはのははと桜ちりゆく

第二歌集『天の深緑』は、作者が大学を卒業後、生地である香川に帰り、公立高校の教職に就き結婚。三人の子を得、その間に、母と義父を失う、というめまぐるしく身近に事のあった十年間の作品が収められている。妻として、母として、教員としての糸川の作品は、その置かれた立場から全方位に向けられた視野の中から紡ぎだされている。

故郷にかえりて八年　ふるさとの湖にくちなわは潜みて眠る
かなしき折りはそのかなしみのことごとくすでに母なきことに行き着く
土葬の村に花は咲きたり花冷えのころの夕焼けことにあかるく

など、内面のゆたかな叙情性をそのままストレートに歌い上げる作品、背景となる風土を思わせる作品と、

「ニーチェ」読みしとおき霜月家族とはあゆめば「国家」にゆきつく畦道
世界へと他者へとわれをつなぎたるしずかな架橋　二人子眠る

の作品に見られるように、家族、子、を透かした向こうに概念、観念としての「国家」、「世界」が立ち上がってくるような作品と二つがあるのではないか。「観念的で良くない」という歌の批評用語を逆手にとる感じに観念を歌うことで糸川は、自身の存在を確かめてもいるようだ。しかし糸川の場合「観念」は、意識されたものをそのままただ言葉に代える、無味なものではない。「身体によってとらえたふくらみのある感覚が早くから注目された。……身体の感覚を通過した内面の言葉として作品化する。作品内部に心象的時間空間のひろがりをもつ」。(『現代短歌大事典』三省堂)と評価されたように、作者の表層を通過した言葉ではなくあくまでも作者の内面、感覚を通したものであることが重要な要素となっている。畦道、霜月、などというきわめて日本的なイメージの広がる言葉にまぶされて、硬質な精神性、思考性を読みとることができる。一方で、『天の深緑』の代表

歌の一首であると思う母への追慕を歌った、「空さむく春めぐりきて」の歌に見られるような、短歌の調べへの信頼、言葉への親和もまた作者のものだ。

時間ひらたく大皿の縁にもりあがり今しあふれん五月の朝　『組曲』
戦後史の路地裏に梅雨の雨降りてとりどりの傘さしたる見ゆる
「蛇」の字を〈にじ〉と読み〈ちょう〉と読み直し少女はなかなかへびに出遭わず
風葬の島に菜の花咲き満ちて瀬戸の内海ゆらゆらと春

最初の歌は、第三歌集『組曲』の巻頭の歌。すがすがしい五月の朝の嘱目は、大皿の縁にひらたくもりあがる「時間」という、意表をついた把握に、詩性をつよく感じさせるが、いく度か読むうちにここには短歌三十一音の定型があってこその言葉の抑制、躍動感があるのだと思った。「定型のしなやかな背に掌をおきてならし撫でつつわれは甘ゆる」という『組曲』の中の一首が示す作者の決意にも近接するものがあるだろう。『組曲』三百五十首の一巻としての刊行は二〇〇〇年六月だが、その前年の十二月に、糸川は夫の急逝に遭う。

最近、葛原妙子の作品を順に読む機会があったが、そのなかに糸川の作品を喚起させるものがあった。

炎天に星一つ置きのけぞればわが相聞の永遠（とわ）の姿勢よ　糸川雅子『水螢』
まひるにて月光のあるここちする山毛欅のさわだちを高きより見て　葛原妙子『黄牛』

この二首は、ともに上句に明るい昼のひかりを置きながら、糸川は「星」、葛原は「月光」という天象を幻視している。歌意はまったく違い、糸川の一首は若々しくしなやかな相聞の姿勢を歌い、葛原は俯瞰する山毛欅の木の音のないさわだちを歌う。優れて抽象を歌う葛原の作品に通底するものが、作品世

界のなかで抽象に傾く糸川の意識とかさなるのではないかと思った。また、「抽象」という言葉をそのまま一首の中に用いた、

待つほかになきものをひとは「抽象」と呼ぶのだろうか　赤きブルゾン　糸川雅子『組曲』
花ひらくこともなかりき抽象の世界に入らむかすかなるおもひよ　葛原妙子『橙黄』

という作品に、精神の「抽象」という、かたちを持たず、確かめ難く、けれど意識の領域の中の魅力ある磁場に引き寄せられていく逡巡とおそれを、「待つほかになきもの」、「花ひらくこともなかりき」と歌う低い声調に同じように聞くことが出来るのではないかと思った。言葉が抽象化に向かうのは、イメージの転換のように、あるいは早回しの映像のようにではなく、徐々に作者の心象を通過しながら具象では捉え難いものを、見えないものを見、見えるものの中にかくされた「何か」を、矛盾するようだが直感的に表現する作業のような気がする。

評論集、『定型の回廊』の中で、安永蕗子の作品に触れて糸川は、「安永蕗子の作品の結ぶイメージのひとつに〈砂〉がある。（安永にとって〈砂〉は）やはりなにかの欠落感であり、とらえ難いものであり、同時にそれは〈とらえ難い〉ということにおいてたっぷりとしたひとつの量である。」と述べている。糸川の第四歌集『タワナアンナ』にも〈砂〉をモチーフにした作品が多くあり数えたら十六首あった。「テーマ性の強いものを集めましたので」と「あとがき」にあるが、〈砂〉はそのテーマのひとつではないだろうか。〈砂〉に対する糸川の意識、こだわりは、『タワナアンナ』以前からその作品の中に続いている。砂の無機質な輝き、砂漠、砂丘の形状、時間をはかる比喩として、など言葉としての〈砂〉の機能は糸川にとって恰好の内面の代弁者のひとつであったように思う。安永の作品に描かれる〈砂〉について「やはりなにかの欠落感であり」と糸川の言うとき、〈砂〉という物体、イメージに付加するものが増える。そ

してなにより『タワナアンナ』における〈砂〉は、遥かに隔てられた亡き夫への挽歌としてかがやいている。

限りなくやさしくなれる夜のため幾千の夜を
砂漠に眠る
帰らぬものは帰らぬままに愛したりたかだか
と砂漠に月わたりくる
すてすてて髪につきたる砂こぼる彼はいず
こにこの星を歌う

世界や時代を大きく見据える眼と、概念、抽象の領域に踏みこみながら、歌うべき日常ばかりでなく、絵画や、音楽、演劇など多岐にわたる関心のフィールドを深めている糸川雅子の歌世界を見ていたい。

（「音」二〇〇七年八月号）

「蛇」と「樹木」と……寂しき詩神

——『夏の騎士』評

上村典子

初雪の降りたる朝その深さ尋ぬべき人われは
持たざり

『夏の騎士』巻頭の一首。言うまでもなく子規の「いくたびか雪の深さをたづねけり」がベースにある。初出は二〇〇〇年三、四月号の「短歌朝日」。「余白」と題された七首は、発表の時期から考えるに、前年ご夫君急逝直後の制作と思われる。初出ではこの一首が七首目に置かれていた。おろおろと私は作品に対面し、一読後相当な衝撃を受けたのだった。当時はまだ、突然の喪失のただ中にあった糸川さんに、形式的なご挨拶すら私はできていなかったと思う。

幸福そうなやりとりをしてわれを知らぬ遠く
の店にて電球を買う

同じく「余白」中の一首。「糸川さんにしてはリアリズムだな」と感じた記憶が鮮明だ。葬儀の準備のただ中、切れた「電球」を求めて、車を走らせたのではないか。近くの店を避け、わざわざ遠くで買い求めた「電球」。悲しみに溺れることを許さない、現し身の急峻な時間にあって、「電球」の質感が出色だ。その球体の線と脆さを孕んだ質感は、作者の心身そのままの投影だ。「電球」は事実だったと思われるが、その事実を歌として定着し、自らの切迫した心を具象化した力に敬服したのであった。子規といい、「電球」といい、しばらく糸川さんは、オーソドックスとも言えるリアリズムの手法で、作品世界を展開されるのだろう、それは糸川作品の展開として新しい地平を見せてくれることになる、と生意気ながら当時考えていたのである。

夢も死ぬ　夢は死ぬ　夢だけが死ぬ解体工事
のような人生

ただただ雨がこころのなかに降ってくる蓋が
ないから降り込んでくる

巻きしめて眠れるさびしさゆるびゆく春近き
夜の蛇のまどろみ

膝まではすでに樹木に変われるよ寝返りをう
てばにぶき感覚

『夏の騎士』は私にとって、非常に待たれた一巻であった。糸川雅子のリアリズム、を勝手に予想した私にとって、その後の展開が集約されたものであるからだ。そして『夏の騎士』は、やはり糸川雅子ならではの方法論で、身勝手で幼い読者を予想とは違う場所へと導いてくれる。つまり『夏の騎士』の作者は徹底的に自己発信型の歌人、ということだ。自己を小さくして、立ちあがってくる他者や事柄で物語るという手法を取らないのである。世界の中心軸に自己を据えて、他者や事柄を一度（ひとたび）内側にとり込み消化し、詩化する。『夏の騎士』の後半部、喪失した他者ではなく遺された自身の渇きの苛烈さ、その表現の巧みさには目を瞠る。「解体工事」の果て、「蛇」「樹木」の作者は、遂に寂しき詩神に変貌している。

（「音」二〇〇九年六月号）

わたしはわたしの語部たらん

——糸川雅子の歌

石井幸子

時折香川支部の例会に参加している。歌会での糸川さんの明解な批評にはいつも感心しているが、詠草は読者の読みを確認するかのような、どちらかというとじっくりと鑑賞する作品の提出が多い気がする。例えば四月の詠草。

折りたたみの傘をひろげるかたわらににわか
雨きてさくらも濡るる

難しい言葉はひとつもないのだが、私には一読では意図が摑めなかった。出席者の発言を参考にしながら、幾度も読み返し、折りたたみ傘を広げる傍に、にわか雨が迫って来て「われ」とさくらがフラットに濡れる。更には、非常時用の「折りたたみ傘」を携帯していてもひろげる間ににわか雨に濡れてしまう「われ」と、雨が降れば濡れるしかない桜、その共時性を歌ったのだと鑑賞した。掲載歌のような簡単には読みきれない作品に常々心ひかれていたので、これを機会に糸川の作歌態度と作品の一端について考えてみたい。

まず、糸川の短歌観をみてみよう。『定型の回廊』（44頁）に次の記述がある。

若き日に私は短歌に出会い、それはまったく偶然の出会いではあったのだろうが、その後ずっと短歌に関り続け、歌いつづけたというその行為によって、私は「短歌」をみずからの表現形式として選びとったのである。私の認識も、感覚も、思考も、すべては「短歌」を媒介としているのである。「短歌」という小窓を通して私は世界を眺め、世界を知り、その小窓からかろうじて、自分の声を他者や世界に届けてきたのだと思う（中略）「短歌」はすでに、「私」の血や肉になっているのである。

一般的には、心情或いは歌心のようなものの発生があり、それを短歌という定型空間に具現化することによって作品が誕生すると思うのだが、この文章を読むと、糸川はまず、「短歌」ありで、その短歌という表現形式を通してはじめて認識、感覚、思考が立ち上がると読める。私にはこの「始めに短歌ありき」的な感覚にどうも馴染めないのだが、森羅万象を短歌という三一音の定型で述べようとする時の言葉の厳選や表現への自覚、或いは〈短歌に対する絶大な信頼〉と理解してみた。

次に確認しておきたいのは「われ」の問題。『定型の回廊』（27頁）の「『われ』の構造」で、俳句との比較において「われ」を論じている。糸川は「われ」は作者から表現意志と表現行為をマイナスしたもの、とし、作者の「われ1」に対し「われ2」とした。はやくには『現代短歌入門』で岡井隆が「作品の背後に一人の人の――そう、ただ一人だけの人の人の顔が見えるということです」と述べ、最近では『斎藤茂吉異形の短歌』で品田悦一が述べる「短歌を叙述する話者か短歌の中で活動する主人公」が糸川のいう「われ2」に対応するようだ。いずれにしても作者と作品世界の「われ」は別次元の住人であるとの認識である。しかし、『スイート』に次のような記述がある。

「短歌」を作るときに、私は、「私は、『私のこころ』にしか興味がない」と、豪語（?）してきた。社会的な「事象」に興味があるわけでもない。その「体験」を歌いたいのではないし、根本のところでこだわっているのは、その「悲しさ」や「楽しさ」を作品化することでもない。悲しいと思い楽しいと感じている、その「自分のこころ」が、私自身についてはいる重要なのである。（186頁）

美しい「風景」や「花」を歌いたいのではない。悲しかったり楽しかったりする。

歌の作り方のひとつとして「われ」をなるべく小さくして「われ」の心情を匂わせながら、事物に語らせる方法がある。そういう作品は読者それぞれが己を投影して楽しむ。しかし糸川の方法は正反対である。他者や事物に対して動く「自分のこころ」のありようを凝視し言葉化するのが肝心だとある。これはたぶん自問自答の自己確認に似ていて、糸川の「われ2」は、むしろ作者と限りなく接近しているということになる。そして、作品の趣旨は感じている「自分のこころ」の表出であるから、作品は不特定多数の読者にむいているというより作者自身に向かう。作者の心の様相を作者自身に得心させるのを優先し読者に歩み寄らない。そこが時に私を困惑させる大きな要因であった。上村典子が『夏の騎士』評（「音」09・6）で「作者は徹底的に自己発信型の歌人」であるとし、「世界の中心軸に自己を据えて、他者や事柄を一度内側にとり込み消化し詩化する」との指摘はそういうことなのだろう。

このような糸川の独自な短歌観を了解した上で具体的に作品を見てみよう。言うまでもなく、糸川作品の一大特徴は比喩にある。佐藤成晃が糸川作品を例に「直喩表現の可能性」（「音」10・1）を論じるくらいその比喩は新鮮で刺激的だ。森羅万象に触れた「自分のこころ」を直截に表出しようとすれば歌は当然比喩に向かう。特に次のような比喩に注目した。

鉄瓶に湯をたぎらせて人を待つ曠野の苫屋のごとき静けさ　『タワナアンナ』

鉛筆の短くなれるに力込め字を書くようなひたすらさかな　「音」09・1

制服の少女ら日なたに群れ合いて遠く見ゆれば椿のごとし　「音」12・4

掲載歌結句の「静けさ」とは？「ひたすらさ」とは？「椿」とは？　と作者は頭の中で考えている。そして作者の問いに対する作者自身のイメージする答えが四句までの二四音の比喩で表現されているのではないか。ある日作者が認識した「静けさ」「ひたすら」であり「椿」だ。このような歌の作り方は題詠を連想するが、前述した「短歌」を媒介とした糸川独自の詠法と考えられる。また、三首目は香川支部の例会にも提出されたのだが、制服の集団のくろっぽいかたまりを椿の佇まいと捉え、その黒っぽい中に浮かんでいる少女達の顔を椿の花に見立てたということなのだろう。歌の作り方をみると、上の句で制服の少女らが群れ合っていると言う時、少女達はあたかも眼前にいるかのようで、「遠く見ゆれば」と言った瞬間少女達は遠景になり椿に変身する。さりげなく歌っているようで、視点の瞬間移動が独創的だ。

比喩の「髪」にこころひかれて一日ありやわらかく髪にひとひいやさる　『夏の騎士』

この作品は、一日を髪にこころひかれて過ごす「われ」と、一日を髪にいやされて過ごす「われ」のふたりが同時進行しているようにも読めてなにか奇妙な感じの作り方の歌だ。

ところで、一句の「比喩の『髪』」をどのように解釈するか、例えば、『ヨブ記』には自分の置かれた絶望的状況を象徴するものとして「頭の毛を刈り取った」という記述があり、翻って髪は自分の魅力を高めるもの、力や若さの印と推測してみる。或いは和泉式部の「黒髪の乱れも知らずうち伏せばまづかきやりし人ぞ恋しき」に代表される愛される女の象徴とみてもよいかもしれない。掲載歌は、豊潤な髪のイメージに「われ」の頭脳は一日やわらかく癒されているとなる。「癒される」は心身の傷や痛みが解消されることで、どちらかというと穏やかな印象を受ける。

『夏の騎士』は作品からもわかるように夫を亡くした後の作品集で、この間の現実としての状況はエッセー集『スイート』に詳しい。そして、『スイート』の「II　家族・人々」の「髪」を読むと、長くなってきた髪を切るように奨めた子供たちに「だって、この髪は、お父さんがいた頃の髪やから、切るのはさびしいやん」と応じている箇所がある。その時子供達は「ギョッとした表情をみせた」とあり、このくだりを読んだ私もまたギョッとしてしまった。作者と作品の「われ」とは別世界の住人であることは承知しながら、『スイート』を読むと掲載歌の「われ」と作者が重なる。そこで改めて見ると四句の髪には「 」がない。作者である「われ」が生前夫が愛した己の髪に一日癒される、とも読める。読むほどに比喩の髪と作者の髪が溶け合って迷宮になる。更に今一度作品を読むと結句の「ひとひいやさる」にいきあたる。「ひとひいやさる」に表面と深層の齟齬を感じるようになる。一日癒される「われ」の傍に癒されない「われ」がいる。読みが長くなったが、このような重層的な作品はやはり「自分のこころ」に主眼を置くから生まれるだろう。

『夏の騎士』以前の作品について俵谷晴子の糸川雅子論「幾千の夜を砂漠に眠る」（「音」07／8）がある。その中で俵谷は糸川の作品世界の特徴を次のように述べている。

①内面のゆたかな叙情性をそのままストレートに歌い上げる作品とその背景を思わせる作品
②概念、観念としての「国家」、「世界」を歌う作品

ニーチェ読みしとおき霜月家族とはあゆめば「国家」にゆきつく畦道

なかでも俵谷の②（掲載歌）についての指摘「畦道、霜月、などといういきわめて日本的なイメージの広がる言葉にまぶされて、硬質な精神性、思想性をよみとることができる」は興味深い。俵谷の言う「日本的なイメージの広がる言葉」とは短歌によく馴染んだやまとことばの世界のことであろう。それが、「国家」という西洋近代的な翻訳語彙とリンクしている。俵谷は「まぶされて」という絶妙な説明をしているが、そうした修辞としての言葉遣いがより読者を立ち止まらせる。『夏の騎士』には国家・世界を正面から歌った作品は見当たらないが「原罪のような部分を刺すごとし雲間をもるる月のひかりは」と極めてやまとことば的な「雲間をもるる月のひかり」とキリスト教の認識「原罪」とを取り合わせ、或いは、

美しくしろきひろがり玉砂利が個人のこころをリセットせし国　「音」08・11
もやもやと春は霞みぬ遠からず愚かなりしと語らるる時代　「音」11・9

のようにやまとことば的な「玉砂利」、「春霞」と西洋的発想の「国（古来の領地としての国ではなく社会的国家としての国であろう）」、「時代」とを取り合わせる。結句の字余り「リセットせし国」「語らるる時代」ともあいまって巫女の託宣のような雰囲気があ

り、こういう言葉の選択と歌い方は現代短歌において糸川の独壇場ではないだろうか。一般的に歌の素材としては難しい概念や観念も短歌を媒介として「自分のこころ」のありようを表出するという信念を貫く故に制作できるのである。大変な意志の力だと思う。

本来、糸川の歌は人間の根幹にある〈寂寞〉を主題としているように思う。それが夫の喪失により現実の寂寞感を歌わざるを得なくなった。『夏の騎士』以降大丈夫かなと思うほど寂しい歌が多くてはかなげだ。

傘さして出でゆく街は雨に濡れわたしはわたしの語り部たらん　「音」13・1

掲載歌もぐしょぐしょの寂しい歌だ。しかし、「わたしはわたしの語り部たらん」に歌への静かな覚悟がみられる。今回の考察を通して糸川作品が身近になった気がする。短歌観に裏打ちされた果敢な表現をこころして読んでいきたい。

（「音」二〇一四年八月号）

直喩と橋

――『橋梁』評

造酒廣秋

糸川雅子の第六歌集『橋梁』を読み進めると、直喩の歌の多いのに驚かされる。それも実に無造作に直喩が使われている印象である。

朝焼けはくすくす笑い小走りに寄りくる少女のようで　なつかし

巻頭から直喩で始まる。直喩「ようなり」「ようだ」の歌が約四〇首。「ごとし」の歌が約一五首。他に「そんな」「そうで」を使った歌、また格助詞「の」を比喩に使ったと思われる歌もある。少し細かく見ると、「ごとし」は終止形で使われることが多く、「ようなり」は連用形「ように」、連体形「ような」が使われることが多い。直喩は基本的には、AはBの「ようだ」「ごとし」という形を取る。巻頭の一首は多分、A「朝焼けはくすくす笑い」がB「小走りに寄りくる少女」の「ようだ」なのだろう。がもう一つ、A「朝焼け」がB「くすくす笑い小走りに寄りくる少女」の「ようだ」と読むことも出来るだろう。そして結句に「なつかし」が接続される。直喩の歌数首。

マグネット式ネックレス留めるように頸の後ろに時代が動く

おばさんまだですかというように硝子戸の向こう犬がみている

ここを出てゆきたるものが勝者にて「過疎」とはそんな簡明さなり

東京が大好きだった若き日のわれを思うは恋のごとしも

さびしさびしと呟くように水が泣くそれでも橋を渡りて帰る

直喩がAとBを繋ぐように「橋」も何かと何かを

繋ぐものであろう。「あとがき」に言うほど「橋」の歌は多くない。直喩にあげた「さびしさびし」が橋と直喩を繋いでいる一首である。橋の歌数首。

酢橋ひとつまろばしており日のおちて母方の叔父橋渡り来る

わたくしはだから小さき音たてて木の橋わたる夏の終わりに

マフラーに顎を埋めて頷きしうなずきて見し橋脚の影

不器用に生きてと呟き振り返るいくつ渡りし木や石の橋

「橋」の歌は難解な作が多い。「酢橋」と「母方の叔父」と「橋」の関連は何か。あるいは何もないのか。二首目の「だから」とはなぜ「だから」なのか。「マフラーに顎を埋めて頷」いた相手は誰か。しかし糸川の指向は「直喩」の簡明さではなく、「橋」の歌のもつ難解さなのだろう。短歌という言葉によって自己と他者、自己と世界、あるいは自己と歴史を繋ごうとしているのだろう。その困難さを思うばかりである。

この水は世界につながる海だからときどきどっと波打ち寄する

しきしまのやまとしうるわし美しき言葉に語る〈ヒロシマ〉〈フクシマ〉

最後に質問。「橋梁」＝きょうりょう＝〈狭量〉＝「氷湖」の連想があったのだろうか。

（「音」二〇一七年七月号）

糸川雅子歌集　　現代短歌文庫第137回配本

2018年 5 月12日　初版発行

著　者　糸　川　雅　子
発行者　田　村　雅　之
発行所　砂　子　屋　書　房
〒101-0047　東京都千代田区内神田3-4-7
電話　03−3256−4708
Fax　03−3256−4707
振替　00130−2−97631
http://www.sunagoya.com

装本・三嶋典東　　落丁本・乱丁本はお取替いたします

現代短歌文庫

（　）は解説文の筆者

①三枝浩樹歌集
『朝の歌』全篇

②佐藤通雅歌集（細井剛）
『薄明の谷』全篇

③高野公彦歌集（河野裕子・坂井修一）
『汽水の光』全篇

④三枝昻之歌集（山中智恵子・小高賢）
『水の覇権』全篇

⑤阿木津英歌集（笠原伸夫・岡井隆）
『紫木蓮まで・風舌』全篇

⑥伊藤一彦歌集（塚本邦雄・岩田正）
『瞑鳥記』全篇

⑦小池光歌集（大辻隆弘・川野里子）
『バルサの翼』『廃駅』全篇

⑧石田比呂志歌集（玉城徹・岡井隆他）
『無用の歌』全篇

⑨永田和宏歌集（高安国世・吉川宏志）
『メビウスの地平』全篇

⑩河野裕子歌集（馬場あき子・坪内稔典他）
『森のやうに獣のやうに』『ひるがほ』全篇

⑪大島史洋歌集（田中佳宏・岡井隆）
『藍を走るべし』全篇

⑫雨宮雅子歌集（春日井建・田村雅之他）
『悲神』全篇

⑬稲葉京子歌集（松永伍一・水原紫苑）
『ガラスの檻』全篇

⑭時田則雄歌集（大金義昭・大塚陽子）
『北方論』全篇

⑮蒔田さくら子歌集（後藤直二・中地俊夫）
『森見ゆる窓』全篇

⑯大塚陽子歌集（伊藤一彦・菱川善夫）
『遠花火』『酔芙蓉』全篇

⑰百々登美子歌集（桶谷秀昭・原田禹雄）
『盲目木馬』全篇

⑱岡井隆歌集（加藤治郎・山田富士郎他）
『鵞卵亭』『人生の視える場所』全篇

⑲玉井清弘歌集（小高賢）
『久露』全篇

⑳小高賢歌集（馬場あき子・日高堯子他）
『耳の伝説』『家長』全篇

㉑佐竹彌生歌集（安永蕗子・馬場あき子他）
『天の螢』全篇

㉒太田一郎歌集（いいだもも・佐伯裕子他）
『墳』『蝕』『獵』全篇

現代短歌文庫

（　）は解説文の筆者

㉓春日真木子歌集（北沢郁子・田井安曇他）
『野菜涅槃図』全篇

㉔道浦母都子歌集（大原富枝・岡井隆）
『無援の抒情』『水憂』『ゆうすげ』全篇

㉕山中智恵子歌集（吉本隆明・塚本邦雄他）
『夢之記』全篇

㉖久々湊盈子歌集（小島ゆかり・樋口覚他）
『黒鍵』全篇

㉗藤原龍一郎歌集（小池光・三枝昂之他）
『夢みる頃を過ぎても』『東京哀傷歌』全篇

㉘花山多佳子歌集（永田和宏・小池光他）
『樹の下の椅子』『楕円の実』全篇

㉙佐伯裕子歌集（阿木津英・三枝昂之他）
『未完の手紙』全篇

㉚島田修三歌集（筒井康隆・塚本邦雄他）
『晴朗悲歌集』全篇

㉛河野愛子歌集（近藤芳美・中川佐和子他）
『黒羅』『夜は流れる』『光ある中に』（抄）他

㉜松坂弘歌集（塚本邦雄・由良琢郎他）
『春の雷鳴』全篇

㉝日高堯子歌集（佐伯裕子・玉井清弘他）
『野の扉』全篇

㉞沖ななも歌集（山下雅人・玉城徹他）
『衣裳哲学』『機知の足首』全篇

㉟続・小池光歌集（河野美砂子・小澤正邦）
『日々の思い出』『草の庭』全篇

㊱続・伊藤一彦歌集（築地正子・渡辺松男）
『青の風土記』『海号の歌』全篇

㊲北沢郁子歌集（森山晴美・富小路禎子）
『その人を知らず』を含む十五歌集抄

㊳栗木京子歌集（馬場あき子・永田和宏他）
『水惑星』『中庭』全篇

㊴外塚喬歌集（吉野昌夫・今井恵子他）
『喬木』全篇

㊵今野寿美歌集（藤井貞和・久々湊盈子他）
『世紀末の桃』全篇

㊶来嶋靖生歌集（篠弘・志垣澄幸他）
『笛』『雷』全篇

㊷三井修歌集（池田はるみ・沢口芙美他）
『砂の詩学』全篇

㊸田井安曇歌集（清水房雄・村永大和他）
『木や旗や魚らの夜に歌った歌』全篇

㊹森山晴美歌集（島田修二・水野昌雄他）
『グレコの唄』全篇

現代短歌文庫

（　）は解説文の筆者

㊺上野久雄歌集（吉川宏志・山田富士郎他）
『夕鮎』抄、『バラ園と鼻』抄他
㊻山本かね子歌集（蒔田さくら子・久々湊盈子他）
『ものどらま』を含む九歌集抄
㊼松平盟子歌集（米川千嘉子・坪内稔典他）
『青夜』『シュガー』全篇
㊽大辻隆弘歌集（小林久美子・中山明他）
『水廊』『抱擁韻』全篇
㊾秋山佐和子歌集（外塚喬・一ノ関忠人他）
『羊皮紙の花』全篇
㊿西勝洋一歌集（藤原龍一郎・大塚陽子他）
『コクトーの声』全篇
51青井史歌集（小高賢・玉井清弘他）
『月の食卓』全篇
52加藤治郎歌集（永田和宏・米川千嘉子他）
『昏睡のパラダイス』『ハレアカラ』全篇
53秋葉四郎歌集（今西幹一・香川哲三）
『極光―オーロラ』全篇
54奥村晃作歌集（穂村弘・小池光他）
『鴇色の足』全篇
55春日井建歌集（佐佐木幸綱・浅井愼平他）
『友の書』全篇
56小中英之歌集（岡井隆・山中智恵子他）
『わがからんどりえ』『翼鏡』全篇
57山田富士郎歌集（島田幸典・小池光他）
『アビー・ロードを夢みて』『羚羊譚』全篇
58続・永田和宏歌集（岡井隆・河野裕子他）
『華氏』『饗庭』全篇
59坂井修一歌集（伊藤一彦・谷岡亜紀他）
『群青層』『スピリチュアル』全篇
60尾崎左永子歌集（伊藤一彦・栗木京子他）
『彩紅帖』全篇『さるびあ街』（抄）他
61続・尾崎左永子歌集（篠弘・大辻隆弘他）
『春雪ふたたび』『星座空間』全篇
62続・花山多佳子歌集（なみの亜子）
『草舟』『空合』全篇
63山埜井喜美枝歌集（菱川善夫・花山多佳子他）
『はらりさん』全篇
64久我田鶴子歌集（高野公彦・小守有里他）
『転生前夜』全篇
65続々・小池光歌集
『時のめぐりに』『滴滴集』全篇
66田谷鋭歌集（安立スハル・宮英子他）
『水晶の座』全篇

現代短歌文庫

（ ）は解説文の筆者

(67)今井恵子歌集（佐伯裕子・内藤明他）
『分散和音』全篇

(68)続・時田則雄歌集（栗木京子・大金義昭）
『夢のつづき』『ペルシュロン』全篇

(69)辺見じゅん歌集（馬場あき子・飯田龍太他）
『水祭りの桟橋』『闇の祝祭』全篇

(70)続・河野裕子歌集
『家』全篇、『体力』『歩く』抄

(71)続・石田比呂志歌集
『孑孑』『忘八』『涙壺』『老猿』『春灯』抄

(72)志垣澄幸歌集（佐藤通雅・佐佐木幸綱）
『空壘のある風景』全篇

(73)古谷智子歌集（来嶋靖生・小高賢他）
『神の痛みの神学のオブリガード』全篇

(74)大河原惇行歌集（田井安曇・玉城徹他）
未刊歌集『昼の花火』全篇

(75)前川緑歌集（保田與重郎）
『みどり抄』全篇、『麥穂』抄

(76)小柳素子歌集（来嶋靖生・小高賢他）
『獅子の眼』全篇

(77)浜名理香歌集（小池光・河野裕子）
『月兎』全篇

(78)五所美子歌集（北尾勲・島田幸典他）
『天姥』全篇

(79)沢口芙美歌集（武川忠一・鈴木竹志他）
『フェベ』全篇

(80)中川佐和子歌集（内藤明・藤原龍一郎他）
『海に向く椅子』全篇

(81)斎藤すみ子歌集（菱川善夫・今野寿美他）
『遊楽』全篇

(82)長澤ちづ歌集（大島史洋・須藤若江他）
『海の角笛』全篇

(83)池本一郎歌集（森山晴美・花山多佳子）
『未明の翼』全篇

(84)小林幸子歌集（小中英之・小池光他）
『枇杷のひかり』全篇

(85)佐波洋子歌集（馬場あき子・小池光他）
『光をわけて』全篇

(86)続・三枝浩樹歌集（雨宮雅子・里見佳保他）
『みどりの揺籃』『歩行者』全篇

(87)続・久々湊盈子歌集（小林幸子・吉川宏志他）
『あらばしり』『鬼龍子』全篇

(88)千々和久幸歌集（山本哲也・後藤直二他）
『火時計』全篇

現代短歌文庫

（　）は解説文の筆者

⑧⑨田村広志歌集（渡辺幸一・前登志夫他）
『島山』全篇

⑨⓪入野早代子歌集（春日井建・栗木京子他）
『花凪』全篇

⑨①米川千嘉子歌集（日高堯子・川野里子他）
『夏空の櫂』『一夏』全篇

⑨②続・米川千嘉子歌集（栗木京子・馬場あき子他）
『たましひに着る服なくて』『一葉の井戸』全篇

⑨③桑原正紀歌集（吉川宏志・木畑紀子他）
『妻へ。千年待たむ』全篇

⑨④稲葉峯子歌集（岡井隆・美濃和哥他）
『杉並まで』全篇

⑨⑤松平修文歌集（小池光・加藤英彦他）
『水村』全篇

⑨⑥米口實歌集（大辻隆弘・中津昌子他）
『ソシュールの春』全篇

⑨⑦落合けい子歌集（栗木京子・香川ヒサ他）
『じゃがいもの歌』全篇

⑨⑧上村典子歌集（武川忠一・小池光他）
『草上のカヌー』全篇

⑨⑨三井ゆき歌集（山田富士郎・遠山景一他）
『能登往還』全篇

⑩⓪佐佐木幸綱歌集（伊藤一彦・谷岡亜紀他）
『アニマ』全篇

⑩①西村美佐子歌集（坂野信彦・黒瀬珂瀾他）
『猫の舌』全篇

⑩②綾部光芳歌集（小池光・大西民子他）
『水晶の馬』『希望園』全篇

⑩③金子貞雄歌集（津川洋三・大河原惇行他）
『邑城の歌が聞こえる』全篇

⑩④続・藤原龍一郎歌集（栗木京子・香川ヒサ他）
『嘆きの花園』『19××』全篇

⑩⑤遠役らく子歌集（中野菊夫・水野昌雄他）
『白馬』全篇

⑩⑥小黒世茂歌集（山中智恵子・古橋信孝他）
『猿女』全篇

⑩⑦光本恵子歌集（疋田和男・水野昌雄）
『薄氷』全篇

⑩⑧雁部貞夫歌集（堺桜子・本多稜）
『崑崙行』抄

⑩⑨中根誠歌集（来嶋靖生・大島史洋雄他）
『境界』全篇

⑪⓪小島ゆかり歌集（山下雅人・坂井修一他）
『希望』全篇

現代短歌文庫

（　）は解説文の筆者

⑪木村雅子歌集（来嶋靖生・小島ゆかり他）
『星のかけら』全篇

⑫藤井常世歌集（菱川善夫・森山晴美他）
『氷の貌』全篇

⑬続々・河野裕子歌集
『季の栞』『庭』全篇

⑭大野道夫歌集（佐佐木幸綱・田中綾他）
『春吾秋蟬』全篇

⑮池田はるみ歌集（岡井隆・林和清他）
『妣が国大阪』全篇

⑯続・三井修歌集（中津昌子・柳宣宏他）
『風紋の島』全篇

⑰王紅花歌集（福島泰樹・加藤英彦他）
『夏暦』全篇

⑱春日いづみ歌集（三枝昻之・栗木京子他）
『アダムの肌色』全篇

⑲桜井登世子歌集（小高賢・小池光他）
『夏の落葉』全篇

⑳小見山輝歌集（山田富士郎・渡辺護他）
『春傷歌』全篇

㉑源陽子歌集（小池光・黒木三千代他）
『透過光線』全篇

㉒中野昭子歌集（花山多佳子・香川ヒサ他）
『草の海』全篇

㉓有沢螢歌集（小池光・斉藤斎藤他）
『ありすの杜へ』全篇

㉔森岡貞香歌集
『白蛾』『珊瑚數珠』『百乳文』全篇

㉕桜川冴子歌集（小島ゆかり・栗木京子他）
『月人壮子』全篇

㉖柴田典昭歌集（小笠原和幸・井野佐登他）
『樹下逍遙』全篇

㉗続・森岡貞香歌集
『黛樹』『夏至』『敷妙』全篇

㉘角倉羊子歌集（小池光・小島ゆかり）
『テレマンの笛』全篇

㉙前川佐重郎歌集（喜多弘樹・松平修文他）
『彗星紀』全篇

㉚続・坂井修一歌集（栗木京子・内藤明他）
『ラビュリントスの日々』『ジャックの種子』全篇

㉛新選・小池光歌集
『静物』『山鳩集』全篇

㉜尾崎まゆみ歌集（馬場あき子・岡井隆他）
『微熱海域』『真珠鎖骨』全篇

現代短歌文庫

（　）は解説文の筆者

⑬③続々・花山多佳子歌集（小池光・澤村斉美）
『春疾風』『木香薔薇』全篇

⑬④続・春日真木子歌集（渡辺松男・三枝昂之他）
『水の夢』全篇

⑬⑤吉川宏志歌集（小池光・永田和宏他）
『夜光』『海雨』全篇

⑬⑥岩田記未子歌集（安田章生・長沢美津他）
『日月の譜』等七歌集抄

（以下続刊）

水原紫苑歌集　　篠弘歌集

馬場あき子歌集　　黒木三千代歌集

石井辰彦歌集